Patrick Modiano
Eine Jugend

Roman

Aus dem Französischen von
Peter Handke

Suhrkamp

Die Originalausgabe erschien 1981 unter dem Titel
Une jeunesse
bei Gallimard.

Umschlagfoto: akg-images/Paul Almasy

2. Auflage 2014

Erste Auflage 2014
suhrkamp taschenbuch 4615

Druck und Bindung: CPI – Ebner & Spiegel, Ulm
Umschlag: hißmann, heilmann, hamburg
Printed in Germany
ISBN 978-3-518-46615-5

FÜR RUDY
FÜR ZINA
FÜR MARIE

Die Kinder spielen im Garten, und bald ist es Zeit für die tägliche Schachpartie.
– Morgen früh wird ihm der Gips abgenommen, sagt Odile.
Sie und Louis sitzen auf der Terrasse des Chalets und schauen von weitem ihrer Tochter und ihrem Sohn zu, die mit den drei Viterdo-Kindern über den Rasen laufen. Der fünfjährige Sohn hat den linken Arm eingegipst, was ihn aber nicht zu stören scheint.
– Wie lange trägt er den Gips? fragt Louis.
– Fast einen Monat.
Er war von einer Schaukel gefallen, und erst nach einer Woche stellte sich heraus, daß er sich etwas gebrochen hatte.
– Ich nehme ein Bad, sagt Odile.
Sie geht hinauf in die erste Etage. Wenn sie zurückkommt, werden sie mit der Schachpartie anfangen. Er hört, wie das Badewasser einläuft.
Die Talstation der Seilbahn auf der anderen Straßenseite, hinter den Tannen, gleicht einem Kurort-Bahnhof. Die Seilbahn soll eine der ältesten in ganz Frankreich sein. Louis folgt ihr mit den Blicken. Langsam überwindet sie die Steigung des Foraz. Das kräftige Rot der Kabine hebt sich ab vom sommerlichen Berggrün. Die Kinder sind zwischen den Tannen durchgeschlüpft und fahren auf dem schattigen runden Platz beim Liftgebäude Rad.
Gestern hat Louis von der Fassade des Chalets das

Holzschild mit der weißen Aufschrift SUNNY HOME entfernt. Es liegt auf dem Boden, vor der Glastür. Vor zwölf Jahren, als sie das Chalet kauften und es in ein Kinderheim umwandelten, wußten sie nicht so recht, wie sie es nennen sollten. Odile neigte zu einer landesüblichen Bezeichnung wie *Zwergenheim* oder *Schelmenburg*, doch Louis meinte, etwas Englisches sei eleganter und auch besser für das Geschäft. Schließlich hatten sie sich für *Sunny Home* entschieden.

Er nimmt das Holzschild in die Hand. Später wird er es in eine Schublade legen. Er empfindet Erleichterung. Kein Kinderheim mehr; vom heutigen Tag an haben sie das Chalet ganz für sich. Er wird die Baracke hinten im Garten zu einem Restaurant-Teesalon umbauen, für die Leute, wenn sie im Winter auf die Seilbahn warten.

Nach und nach steigt unten vom Talgrund und vom Garten die Dunkelheit auf, zugleich mit den Schreien und dem Gelächter der Kinder, die jetzt Verstecken spielen. Morgen ist der dreiundzwanzigste Juni, Odiles fünfunddreißigster Geburtstag. Und einen Monat später wird auch er fünfunddreißig sein. Zu Odiles Geburtstag hat er die Viterdos mit ihren Kindern eingeladen, sowie Allard, den ehemaligen Schiläufer, der ein kleines Sportgeschäft führt.

Die rote Seilbahn, nun auf der Talfahrt, verschwindet hinter einem Tannenhügel, taucht wieder auf und setzt, in ihrer stetig-stillen Art, ihren Weg fort. Bis neun Uhr am Abend wird man sie bergan und bergab fahren sehen. Beim letzten Mal wird sie nur noch ein großes leuchtendes Insekt über dem Abhang des Foraz sein.

– Tapfer, der Kleine …
Der Arzt tätschelte dem Kind die Wange. Am meisten aufgeregt war Odile. Der Arzt hatte gerade mit Hilfe eines Geräts, dessen Rasanz an eine Kreissäge erinnerte, den von Odile mit Blumen bemalten Gips aufgetrennt. Und der Arm war zum Vorschein gekommen, unversehrt. Die Haut war weder verschrumpelt noch ausgebleicht, wie Odile es doch befürchtet hatte. Das Kind bewegte den Arm, bog ihn sacht ab, beinahe ungläubig, ein aufmerksames Lächeln im Gesicht.
– Jetzt kannst du ihn noch einmal brechen, hatte der Arzt gesagt.
Sie hatte ihm vor dem Heimweg ein Eis versprochen, und so saßen sie auf einer Caféterrasse am See, einander gegenüber. Das Kind hatte sich für ein Pistazien-Erdbeer-Eis entschieden.
– Bist du froh, den Gips los zu sein?
Er antwortete ihr nicht. Er aß sein Eis, mit einem ernsten, eifrigen Gesicht.
Sie schaut ihn an und fragt sich, ob er sich später an den geblümten Gips erinnern würde. Seine erste Kindheitserinnerung? Er kneift in der Sonne die Augen zusammen. Der Nebel über dem See verschwindet, und es ist ihr fünfunddreißigster Geburtstag. Und bald wird auch Louis fünfunddreißig sein. Was kann man in diesem Alter noch erleben? Sie

stellt sich diese Frage, indem sie an die unversehrte Haut denkt, an den Arm, der gerade erst aus dem Gips zum Vorschein gekommen ist, so als sei er selbst es, der diese ihn umschließende Hülse gebrochen habe. Kommt es manchmal vor, daß das Leben mit fünfunddreißig neu anfängt? Schwierige Frage – die sie zum Lächeln bringt. Vielleicht weiß Louis eine Antwort. Sie persönlich meint eher: Nein. Es ist, als erreiche man eine Stauzone, und das Tretboot gleite ganz von allein über einen See, vergleichbar dem, der sich im Augenblick vor ihr ausbreitet. Und die Kinder werden größer. Sie werden weggehen.

Eine Wimper am Lidrand stört sie, und sie nimmt aus ihrer Tasche eine leere Puderdose, die sie einzig wegen des kleinen Rundspiegels bei sich hat. Es gelingt ihr nicht, die Wimper zu entfernen. Sie erforscht ihr Gesicht. Es hat sich nicht verändert. Mit zwanzig hatte sie das gleiche Gesicht. Zwar gab es die winzigen Falten im Mundwinkel noch nicht, aber sonst hat sich nichts geändert ... Und auch Louis hat sich nicht geändert. Er war damals höchstens ein bißchen dünner ...

– Alles Gute zum Geburtstag, Mama.

Er hat sich beim Sprechen ein wenig verhaspelt, und zeigt zugleich einen gewissen Stolz. Sie küßt ihn. Wie seltsam wäre es doch, kennten die Kinder die Eltern, so wie diese waren vor ihrer Geburt – als sie noch keine Eltern, sondern einfach sie selber waren ... Ihre, der jetzigen Mutter, eigene Kindheit, bei der Großmutter in Paris, in der Rue Charles-Cros, da, wo die Autobusse abfuhren ... Ein bißchen weiter weg das graue Gebäude des Tourelles-Schwimmbeckens, das Kino und der abschüssige Boulevard Sérurier. Mit ein bißchen Phantasie verlief da an einem Nebel-Sonnen-Morgen eine Steiluferstraße, die hinunterführte zum Meer.

– Es ist Zeit zu gehen . . .

Auf der Fahrt hinauf zum Chalet, ihren Sohn neben sich, summte Odile gedankenlos vor sich hin. Dann fiel ihr auf, daß es sich um die ersten Takte einer Operette handelte. Zu ihrer großen Überraschung hatte sie in einem Genfer Antiquariat die Platte gefunden. Es war eine Operette, welche *Rosen von Hawai* hieß . . .

Sie sitzen auf der grünen Bank vor dem Seilbahngebäude, und ihr Sohn fährt auf dem Rundplatz Rad. Es ist ein Rad mit Stützrädern. Odile hat sich ausgestreckt und liest, den Kopf an Louis' Knie, eine Filmrevue.

Das Kind durchquert die Sonnenflecken, einen nach dem andern, und beginnt dann, was er die »große Tour« nennt. Von Zeit zu Zeit hält er und hebt einen Kiefernzapfen auf. Der Seilbahn-Angestellte raucht draußen auf der Schwelle eine Zigarette und gleicht mit seiner blauen Mütze und Jacke einem Bahnhofsvorstand.

– Viel Betrieb? fragt Louis.

– Nein, heute nicht . . .

Was tut's? Die rote Kabine wird sich zum vorgesehenen Zeitpunkt auf den Weg machen, streng nach Fahrplan.

– Erstaunlich, bei dem schönen Wetter, sagt der Angestellte.
– Die Ferien haben noch nicht so recht angefangen, sagt Louis. Sie werden sehen, in zwei Wochen ...
Das Kind umkreist den runden Platz und tritt immer stärker in die Pedale. Odile hat die Sonnenbrille aufgesetzt und blättert in der Zeitschrift, wobei sie wegen des Winds die Blätter festhält.

Im Schlaf hört er Kindergeschrei, das sich nähert, sich entfernt und sich wieder nähert, und er erlebt es wie abgestuftes Licht, wie eine Abfolge von Schatten und Sonne. Doch er träumt immer den gleichen Traum. Er sitzt da ganz oben in einem leeren Radrennstadion und schaut seinem über das Lenkrad gekrümmten Vater zu, wie der auf der Piste langsam seine Runden dreht.
Jemand ruft ihn, und er öffnet die Augen. Vor ihm steht seine Tochter und lächelt ihn an. Sie ist fast so groß wie Odile.
– Papa ... Die Besucher werden gleich kommen ...
Sie trägt ein rotes Kleid, was Louis überrascht. Sie ist dreizehn. Noch benommen von seinem Traum, staunt er darüber, daß seine Tochter so groß ist.
– Papa ...
Sie lächelt ihn vorwurfsvoll an, nimmt seine Hand und versucht, ihn vom Sofa emporzuziehen. Louis sträubt sich. Dann aber läßt er es geschehen, richtet sich auf und küßt sie auf die Stirn. Er geht hinaus auf die Terrasse. Es ist noch nicht Nacht, und hinter der Tannenreihe bemerkt er eine Gruppe von Leuten, die

auf dem Weg herauf zum Chalet sind. Er erkennt die ernste Stimme Allards und das Lachen von Martine Viterdo. Unten gleitet die rote Seilbahn langsam den Abhang des Foraz entlang, ein Käfer im Gras.

Im Salon sind alle Lampen ausgeschaltet. Louis, Odile, Viterdo, dessen Frau, Allard und die Kinder warten rund um den Tisch. Louis' Tochter kommt aus der Küche, mit der Torte, auf der acht Kerzen brennen: drei für die Jahrzehnte, fünf für die zusätzlichen Jahre. Sie geht auf die andern zu, und man singt:

– *Happy Birthday to you ...*

Sie stellt das Tablett in die Tischmitte. Odile wird nacheinander von allen geküßt.

– Nun, fragt Viterdo, wie ist Ihnen zumute mit fünfunddreißig?

– Man nähert sich dem Großmutteralter, antwortet Odile.

– Reden Sie keinen Unsinn, Odile.

– Blas die Kerzen aus, Mama ...

Odile beugt sich über die Torte und bläst.

– Alle aus!

Man applaudiert, und die Lichter werden wieder angeschaltet.

– Ein Lied! Ein Lied!

– Odile wird euch das *Chanson des rues* singen, sagt Louis.

– Nein, nein ... Wirklich nicht ...

Sie schneidet die Torte an. Die Kinder sind vom Tisch hinaus auf die Terrasse gegangen und sitzen da alle

fünf zusammen. Odile und Louis bringen jedem von ihnen ein Stück Torte, auf einem kleinen Teller.
– Sie werden nicht schlafen gehen wollen, sagt Martine, Viterdos Frau.
– Warum sollen sie? Heute ist kein gewöhnlicher Tag, sagt Allard mit seiner ernsten Stimme. Man wird nicht jeden Tag fünfunddreißig.
Viterdo blickt auf seine Uhr.
– Ich glaube, es ist Zeit für mich, Louis. Es tut mir wirklich leid, Sie behelligen zu müssen.
Er muß zum Nachtzug nach Paris, um dreiundzwanzig Uhr drei, und Louis hat sich angeboten, ihn zum Bahnhof zu bringen.
– Auf geht's! sagt Louis.
Viterdos Frau, Allard und Odile haben sich auf die Terrasse gesetzt. Sie unterhalten sich. Die Stimme Allards gibt den Ton an. Die Nacht ist heiß; fernes Donnergrollen.
Viterdo steht mitten im Wohnzimmer und öffnet seine schwarze Aktentasche. Er überzeugt sich wohl schnell, daß er nichts vergessen hat. Im Treppenhaus drängen sich die Kinder, und das Geräusch ihrer Schritte verliert sich in den großen Räumen der ersten Etage. Als Louis gerade hinter Viterdo das Chalet verläßt, kommt Odile von der Terrasse.
– Alles Gute zum Geburtstag, sagt Louis.
– Jetzt ist's aber genug . . ., sagt Odile.
– Und wie ist Ihnen zumute mit fünfunddreißig?
Sie packt ihn an der Schulter.
– Genug jetzt . . . Auch du bist bald an der Reihe . . .
Er zieht sie an sich, und sie brechen in Lachen aus.

Zum ersten Mal in ihrem Leben feiern sie ihren Geburtstag. Seltsame Idee ... Aber da's den Kindern gefällt ...

Viterdo hat den Koffer und die schwarze Aktentasche auf den Rücksitz gestellt und neben Louis Platz genommen.
– Es tut mir wirklich leid, Louis ...
– Nicht doch, nicht doch ... Es sind nur fünf Minuten zum Bahnhof ...
Louis fährt langsam an. Gleich darauf schaltet er den Motor aus. Der Wagen rollt lautlos die kleine gerade Straße hinunter.
– Wann kommen Sie zurück? fragt Louis.
– Am nächsten Wochenende. Ich hoffe, den August hier zu verbringen, mit Martine und den Kindern. Sie, Sie haben das Glück, das ganze Jahr in den Bergen bleiben zu können ...
– Ich glaube, in Paris hätte ich nicht leben können, sagt Louis.
Er dreht den Knopf des Radios, wie immer, wenn er am Lenkrad sitzt.
– Seit wann sind Sie hier zuhause? fragt Viterdo.
– Seit dreizehn Jahren.
– Wir, wir haben unser Chalet vor nicht einmal sechs Jahren gekauft ...
– Mir kam es vor, als seien Sie schon lange hier.
Viterdo ist gleich alt wie Louis. Er arbeitet in Paris, für eine Import-Export-Firma. Martine und er kommen alljährlich zu Weihnachten und Ostern schifahren, mit ihren drei Kindern, die sie bis jetzt oft Odile

und Louis überließen, zum Spielen mit den andern Kindern des *Sunny Home* . . .
– Also mit dem Heim ist es Schluß?
– Ja, sagt Louis und lächelt. Wir haben das Chalet jetzt für uns allein . . . Die Kinder werden in den Zimmern Rollschuh laufen können . . .
– Und Sie? Was werden Sie nun anfangen?
– Vielleicht ein Restaurant aufmachen, zusammen mit Allard, für die Seilbahngäste . . .
– Im Grunde haben Sie recht, sagt Viterdo . . . Auch ich würde am liebsten alles aufgeben, um hier zu leben . . .
Die erste Kurve; links die Mauer, die das Hotel Royal umgibt. Louis läßt wieder den Motor an.
– Die Kinder sind hier sicher zufriedener als in Paris, sagt er. Ich sähe meinen Sohn gern als Schilehrer . . .
– Tatsächlich? Und Ihre Tochter?
– Bei den Mädchen weiß man nie . . .
Er hat die Scheibe heruntergekurbelt. Das Gewitter scheint näher zu kommen.
– Haben Sie schon in Paris gelebt? fragt Viterdo.
– Ja. Es ist sehr lange her.
Er stoppt den Wagen vor dem Bahnhof, öffnet die Tür und nimmt Viterdos Gepäck.
– Nicht doch, Louis . . .
Sie durchqueren den kleinen, verlassenen, neonbeleuchteten Saal. Viterdo steckt seine Fahrkarte in den Entwerter.
– Diese Apparate werden immer komplizierter, sagt Louis. Zum Glück reise ich nicht mehr . . .
Der Zug steht schon im Bahnhof.

– Auf Wiedersehen, Louis . . . Bis Freitag . . .
Louis begleitet ihn zum Bahnsteig und hilft ihm, den Koffer und die schwarze Tasche in das Schlafwagenabteil zu schaffen. Viterdo öffnet lächelnd die Scheibe und beugt sich heraus.
– Bis Freitag . . . Ich vertraue Ihnen Martine und die Kinder an. Seien Sie streng . . .
– Sehr streng . . . Wie immer . . .
Als Louis durch die kleine Bahnhofshalle zurückgeht, bemerkt er, neben den geschlossenen Schaltern, einen Süßwaren-Automaten. Er steckt zwei Geldstücke in den Schlitz. Irgend etwas fällt herab, in ein rotgoldenes Papier eingewickelt: eine jener Schokoladen, die man »Klippen« nennt. Das gab es also immer noch . . . Odile hatte oft welche gekauft, in der Bäckerei der Rue Caulaincourt. Jetzt hat er ein Geburtstagsgeschenk für sie.
Auf der anderen Seite des Platzes, hinter den Scheiben des Cafés, sitzen mehrere Silhouetten bewegungslos vor dem Fernsehschirm. Die Stimme einer Sängerin fliegt ihm zu, einzig die Stimme, ein bißchen brüchig; der Text bleibt unverständlich. Ein lauer Wind erhebt sich; auf dem Rückweg die ersten Regentropfen.

In Saint-Lô, in jenem Herbst vor fünfzehn Jahren, regnete es tagelang; große Pfützen im Kasernenhof. Aus Unachtsamkeit war er in eine davon mitten hineingetreten, und ein eisiger Ring hatte seine Knöchel umschlossen.
Den Blechkoffer in der Hand, salutierte er dem Posten. An der Straßenecke angekommen, konnte er

nicht anders, als sich nach dem bräunlichen Gebäude umzudrehen, das für immer aus seinem Leben verschwinden würde.

Sein Zivilanzug – grauer Flanell – spannte in den Achselhöhlen und an den Schenkeln. Er brauchte für den Winter einen Mantel und vor allem Schuhe, ja, Schuhe, mit dicken Kreppsohlen.

Brossier hatte sich mit ihm um sieben Uhr im *Café du Balcon* verabredet. Jäh kam ihm zu Bewußtsein, daß er ihn seit zwei Monaten kannte, und daß Brossier ihn belogen hatte, als er ihm sagte, er sei nur vorübergehend in Saint-Lô. Warum hatte er seinen Aufenthalt hier verlängert, er, den seine »Geschäfte« zurück nach Paris rufen müßten?

Er hatte Brossier zum ersten Mal eben in dem *Café du Balcon* getroffen, als er dort wartete, bis es Mitternacht würde und Zeit für die Kaserne. An jenem Nachmittag war er die Festungsmauern entlanggeschlendert, dann weiter auf der Nationalstraße, bis hinaus zu den Stallungen, und war nach rechts in eine Barackensiedlung abgebogen. Zurück in der Stadt, hatte er sich an einen Tisch des *Café du Balcon* gesetzt. Im Spiegel neben der Bar sah er sich in Uniform, mit kurzen Haaren und verschränkten Armen. Brossier, der an einem Nebentisch Zeitung las, hatte ihn lange angeblickt.

– Noch ein paar Monate abzureißen?

Er gebrauchte einen Jargon, den Louis nicht immer verstand.

– Wie alt sind Sie?

– Im kommenden Juli werde ich zwanzig.

Sie waren die einzigen Gäste im Café, und Brossier erklärte ihm schulterzuckend, zu dieser Stunde sei niemand mehr auf den Straßen von Saint-Lô.

– Wenn man hier überhaupt von Straßen reden kann ...

Er war in ein bitteres Lachen ausgebrochen.

– Es ist wohl nicht sehr spaßig, hier seine Militärzeit abzureißen, wie?

Wie alt mochte Brossier sein? Höchstens vierzig. Wenn er lächelte, wirkte er jünger. Er war blond, mit sehr hellen Augen und rötlicher Haut. Diese Haut, wie auch sein aufgedunsenes Gesicht, kam sicher von seiner Vorliebe für die belgischen Biersorten.

Er wohnte, wie er sagte, in Paris, verbrachte jedoch einige Tage bei seiner Familie in Saint-Lô, wo sein älterer Bruder Inhaber einer Notariatskanzlei sei. Seit mehr als zehn Jahren sei er nicht mehr hierher zurückgekommen, und die Leute hätten ihn vergessen. Im übrigen nütze er solche Urlaubstage dazu aus, Geschäfte abzuschließen. Ja, ein Typ aus Cherbourg wolle ihm eine ganze Ladung amerikanischer Produkte verkaufen: alte Jeeps, alte Armeelastwagen. Er, Brossier, arbeite »in der Autobranche«. Er betreibe sogar eine Garage in Paris.

In dieser Nacht hatte er Louis bis zur Kaserne begleitet. Er trug einen Regenmantel und einen alten Tirolerhut, in dem eine rötlich-gelbe Feder steckte. Und während sie die von neuen Häusern gesäumte Straße hinuntergingen, die Bauten allesamt in dem gleichen grauen Beton, vertraute ihm Brossier an, in einem Tonfall, als handle es sich um ein Geheimnis, er erkenne die Stadt seiner Kindheit nicht mehr wieder. Nach den Bombardements des letzten Krieges hatte man eine andere Stadt errichtet, und Saint-Lô war nicht mehr Saint-Lô.

Der Rauch und die lärmenden Gespräche im *Café du Balcon* betäubten ihn. Es war die Stunde der Aperitifs. Er bemerkte sofort Brossier mit seinem Tirolerhut. Ein bißchen verlegen ging er auf ihn zu, stellte seinen Koffer ab und setzte sich.

– Also Schluß mit dem Barras? fragte ihn Brossier heiter.

– Ja, Schluß mit dem Barras, sagte er mit gedämpfter Stimme, denn der Militärjargon war ihm immer schwergefallen.

– Das Ende der Rekrutenzeit, das muß gefeiert werden, mein Lieber, sagte Brossier. Schauen Sie, ich habe schon damit angefangen ...

Er zeigte auf den roten Likör in seinem halbleeren Glas.

– Was trinken Sie?

Die Redeweise des Mannes war die eines Handlungsreisenden, doch manchmal wurde die sonst so vollmundige Stimme preziös. Das war der Fall, wenn er von Möbeln und Büchern sprach. Er erklärte ihm, früher habe er für dieses und jenes Pariser Antiquariat gearbeitet. Eines Abends hatte er ihm sogar pedantisch die Details aufgezählt, mit deren Hilfe man einen Régence-Stuhl von einem Louis XV-Stuhl unterscheidet, und ihm, einen Bleistift in der Hand, gezeigt, wonach man die Qualität der Rücken- und

Seitenlehnen beurteilt. Was die Bücher betraf, so zog er, versteht sich, die Orginalausgaben vor. Ja, in solchen Augenblicken war er nicht mehr er selbst und wiederholte ohne Zweifel die Gesten und die Ausdrücke jemandes, der für ihn von großem Einfluß gewesen war.

– Hoch das Zivilleben! sagte Brossier, nachdem der Kellner den Campari gebracht hatte.

Sie stießen an. Er wagte es nicht, Brossier zu erzählen, daß seine Schuhe Wasser durchließen.

– Woran denken Sie, Louis?

Er dachte nur an eins: die Schuhe und die tropfnassen Socken auszuziehen, sie zum Abfall zu werfen und keinesfalls je wieder nasse Füße zu haben, dank eines neuen Schuhwerks mit Kreppsohlen.

– Es ist ärgerlich, sagte er mit einem Mal.

– Was, mein Lieber?

Zwei Jahre lang war er unterwürfig gewesen, hatte die Kaserne, das Zimmer, die Uniform, die wasserdurchlässigen Schuhe ertragen, und nun, da es damit Schluß war, wußte er nicht, warum er das alles ertragen hatte.

– Ich brauche neue Schuhe ...

– Ja doch ... sicher ...

– Schuhe mit Kreppsohlen.

Brossier blickte erstaunt. Er leerte den restlichen Campari in einem Zug.

– Also gut, sagte er. Wir können versuchen, welche zu finden.

Sie verließen das *Café du Balcon* und gingen nach rechts zur Geschäftsstraße hinab. Unter den Beton-

arkaden folgte ein Laden dem andern. Im Schaufenster des letzten waren Mokassins und Frauenschuhe ausgestellt. Der Kaufmann war gerade dabei, das eiserne Gitter herunterzulassen.
In dem kleinen Verkaufsraum setzten sie sich nebeneinander, Brossier behielt seinen Tirolerhut auf dem Kopf. Er wies auf Louis.
– Ich möchte ein Paar Schuhe mit Kreppsohlen, sagte der.
Der Kaufmann erklärte, es seien kaum noch welche da, aber er könne ihm eine Auswahl italienischer Mokassins in allerbester Qualität zeigen.
– Nein . . . Nein . . . Mit Kreppsohlen . . .
Seine Wahl fiel auf hohe Schuhe, deren Sohlen fast drei Zentimeter dick waren. Beim Anprobieren zog er seine durchnäßten Socken aus.
– Haben Sie ein Paar Socken? fragte er.
– Ja, Tennissocken.
– Das macht nichts.
Er zog sie an und knüpfte sorgfältig die Bänder der neuen Schuhe. Brossier nahm seine Brieftasche heraus und zahlte. Der Kaufmann reichte Louis ein Plastikpaket, das seine alten Schuhe und seine nassen Socken enthielt.
Draußen warf er das Paket in den Rinnstein. Mit dieser feierlichen Geste beendete er eine Periode seines Lebens. Natürlich brauchte er auch einen Mantel, aber das würde sich ergeben.
– Wir essen im Neuvotel, sagte Brossier. Ich habe einen Tisch bestellt. Und zwei Zimmer.
– Mit Bad? fragte Louis.

– Ja, warum?

Ein Bad, das war etwas Außergewöhnliches, nach dem großen Waschbecken des Mannschaftszimmers, diesem Stalltrog, dessen Abfluß immer wieder verstopft war. Ein Bad, nach zwei Hundejahren bei schlecht schließenden Türen, durch die der Eiswind vom Hof blies ...

– Ich kann also ein Bad nehmen?

– Alle Bäder der Welt, mein Lieber.

Es begann wieder zu regnen, aber die Tropfen waren so fein, daß sie kaum die Haare näßten. Sie gingen die leicht abschüssige Straße hinunter, die dem gekrümmten Verlauf der Festungsmauern folgte.

– Seltsam ..., sagte Brossier, indem er auf die Mauern zeigte. Einmal bin ich als Kind mit einem Knotenseil von da oben herabgestiegen ... Wie bewähren sich Ihre Schuhe?

– Ausgezeichnet.

Sie hatten noch ein paar hundert Meter zum Neuvotel. Sie kamen am Kino *Le Drakkar* vorbei, das unten am Ende der Straße lag, bevor sie auf der Brücke die Vire überquerten. Aber Louis wäre es auch recht gewesen, hätte er noch lang weitergehen müssen, und er empfand ein gewisses Vergnügen, schnurstracks durch alle Wasserlachen zu stapfen. Mit Kreppsohlen fürchtet man nichts und niemand mehr.

Aus einem Lautsprecher kam gedämpfte Musik. Im Speiseraum des Hotels war niemand außer Brossier und ihm. Sie saßen an einem Tisch im Hintergrund.

Als der Kellner ihnen den Käse servierte, brach Brossier eine Flasche Burgunder an.
– Hoch das Zivilleben! rief er wieder, wobei er Louis einschenkte.
Dieser hatte sich über den Ausdruck zuerst geärgert, weil er ihn an die Kaserne erinnerte, doch inzwischen war er ihm gleichgültig geworden. Er überließ sich einer angenehmen Betäubung.
– Als Dessert sollten Sie einen »weißen Neger« nehmen, riet ihm Brossier. Einen »weißen Neger« ...
Er hatte zuviel getrunken. Sein Gesicht war scharlachfarben. Er stammelte:
– Hören Sie, Louis ... Nehmen Sie's mir nicht übel ...
Er beugte sich zu ihm und sagte mit leiser Stimme:
– Ich habe aus Cherbourg zwei Mädchen kommen lassen ... Zur Feier des Tages ...
Louis zwinkerte mit den Augen; das Licht war zu grell. Vergebens versuchte er, den Titel des Lieds herauszufinden, das aus dem Lautsprecher kam, ein beliebtes Chanson. Wie hieß es doch bloß?
– Zwei weiße Neger!
Brossier beugte sich neuerlich her.
– Sie werden sehen ... Diese Mädchen aus Cherbourg, die haben's in sich ...
Die Mädchen warteten in der Halle; zwei Braunhaarige, die eine mit einem Pferdeschwanz. Sie waren mit dem Wagen gekommen, welcher der mit dem Pferdeschwanz gehörte, einem DS 19; bei Valogne wäre er fast stehengeblieben. Bei diesem Wetter keine angenehme Vorstellung.

– Hauptsache, erklärte Brossier, ihr seid da, meine Schönen.
Er strich der einen Braunen über die Wange, und sie lächelte ihn an. Dann ging er zur Rezeption. Louis blieb, den Koffer in der Hand, allein mit den beiden Mädchen.
– Ihr Militärdienst ist also zu Ende? fragte die Braune mit dem Pferdeschwanz.
– Ja. Er ist zu Ende ...
– Sie sind die ganze Zeit hier in Saint-Lô gewesen?
– Ja.
– Ich glaube, in der Marine ist es besser ... Man kommt herum ...
Die andere hatte einen Spiegel aus ihrer Handtasche genommen und malte sich die Lippen rot. Brossier kam zurück.
– Auf! Zimmer 119! Los!
In dem zu engen Aufzug küßte Brossier das Mädchen mit dem Pferdeschwanz und begann, sie zu betätscheln. Sie hatte ihm seinen grünen Federhut verkehrt herum aufgesetzt. Louis, mit dem zweiten Mädchen zusammengezwängt, spürte das ganze Gewicht des Koffers an den Fingerspitzen.
Das Zimmer, dunkelblau tapeziert, war möbliert mit Doppelbetten und einem Schreibtisch aus hellem Holz. In jedes der beiden Nachtkästchen war ein Radio eingebaut. Brossier drehte am Knopf.
– Wir werden Champagner kommen lassen! Aber zuerst werden sie dir ihren Auftritt zeigen. Sie arbeiten in einem Nachtclub in Cherbourg!

– Wie heißt du? fragte das Mädchen, das immer noch Brossiers Federhut in der Hand hielt.
– Louis.
Brossier hatte das Licht ausgeschaltet. Es brannte nur noch eine der Leselampen am Kopfende. Louis blickte zum Fenster hinaus: es regnete jetzt stärker.
– Hoch das Zivilleben! Das Zivilleben hoch! trällerte Brossier.
– Das Zivilleben hoch! wiederholte leise eine der Braunen.
Unten vor dem Hotel erstreckte sich eine weite Esplanade, ähnlich einem Flugfeld. Zwei Reihen Laternen leuchteten sie aus, mit einem harten Licht. Warum so viele Laternen? Mitten auf der verlassenen Esplanade erblickte Louis den DS 19 der beiden Braunhaarigen.

Das Vibrieren des Schlagzeugs und der elektrischen Gitarren bedrückte Georges Bellune jedesmal schon im Treppenhaus. Er setzte sich auf die lederne Wandbank in der ersten Etage, mit steifem Oberkörper, und versuchte, vor dem Überschreiten der *Palladium*-Schwelle alle seine Kräfte zu sammeln.
Das Halbdunkel war hinten links aufgehellt von der milchigen Zone der Estrade, wo eine Rock 'n' Roll-Gruppe spielte. Der Sänger heulte mit noch unsicherer Stimme einen amerikanischen Hit. Um die Estrade drängten sich Jungen und Mädchen, die meisten unter zwanzig. Der Schlagzeuger, mit seinem gekräuselten Blondhaar und seinen rundlichen Wangen, erinnerte Bellune an ein vorzeitig gealtertes Soldatenkind.

Er bahnte sich einen Weg zur Bar und bestellte einen Schnaps. Nach dem dritten Glas war er nicht mehr so lärmempfindlich. Er blieb jedesmal eine Stunde lang im *Palladium*, indes auf der Estrade die Bands mit ihren Sängern einander abwechselten – Jugendliche aus den Vororten oder junge Angestellte aus dem Viertel. Und ihr Traum war so stark, und ihre Sehnsucht, dem, was sie im Leben wohl erwartete, zu entkommen, so heftig, daß Bellune das Gellen der Gitarren und das Krächzen der Stimmen oft hörte wie Hilferufe.

Er war über fünfzig und arbeitete für eine Schallplattenfirma. Zwei oder drei Mal in der Woche mußte er ins *Palladium* und dort bestimmte Gruppen von Amateurmusikern für ein Vorspielen bei der Plattenfirma bestimmen. In einem solchen Augenblick war er der Grenzbeamte, welcher aus der vor einem Schiff versammelten Emigrantenmenge zwei, drei Personen auswählt und diese auf die Einstiegsplanke schubst.

Er blickte auf die Uhr und entschied, er habe seiner Anwesenheitspflicht Genüge getan. Heute fehlte ihm sogar die Kraft, einen Sänger oder eine Band zu beobachten. Mit den Ellbogen sich bis zur Estrade vorzukämpfen, erschien ihm als eine übermenschliche Anstrengung. Nein, heute abend nicht.

Da bemerkte er sie. Er hatte sie bis dahin nicht gesehen, weil er mit dem Rücken zu ihr stand. Sie hatte kastanienbraunes Haar, eine sehr blasse Haut, helle Augen; kaum zwanzig. Sie saß an der Bar, doch sie schaute gebannt über die Köpfe hinweg. Im

Hintergrund ging es auf einmal hoch her: Wirbel, Gedränge, Applaus, Schreie. Jemand stieg auf das Podium: Vince Taylor. Warum mischte sie sich nicht unter die andern? Ihr Blick, auf die einzige Lichtzone des *Palladium* gerichtet, erinnerte Bellune an das Bild von einem Falter, den es hin zur Lampe zieht. Vince Taylor wartete auf dem Podest ab, bis Applaus und Schreie verstummten. Er stellte das Mikrophon ein und begann zu singen.

– Und Sie, möchten Sie auch singen?

Sie fuhr zusammen, als habe er sie aus ihrem Traum gerissen, und wandte sich ihm zu.

– Sind Sie hier, weil Sie sich für die Musik interessieren? fragte Bellune weiter.

Seine sanfte Stimme und sein Ernst flößten immer Vertrauen ein. Sie gab mit dem Kopf ein Zeichen: ja.

– Das trifft sich gut, sagte Bellune. Ich arbeite für eine Plattenfirma. Wenn es Ihnen recht ist, kann ich Ihnen behilflich sein . . .

Sie betrachtete ihn erstaunt. Bis jetzt waren Bellunes Auserwählte zumindest auf die Estrade gestiegen, hatten mit Schlagzeug und Gitarren Lärm erzeugt, und ihre Gesichter waren momentlang ganz in Licht getaucht gewesen. An diesem Abend aber hatte Bellune jemanden ausgewählt, der nichts sagte, sich nicht bewegte und in all dem Krach verloren schien; ein Gesicht fast ganz im Schatten.

Er brachte sie mit dem Taxi nachhause. Bevor er sie verließ, notierte er auf einen Zettel Adresse und Telefonnummer seines Büros.

– Sie können mich anrufen und mich besuchen, wann immer Sie mögen ... Wie heißen Sie eigentlich?

– Odile.

– Also gut, Odile. Hoffentlich auf bald.

Sie überquerte den Hof eines jener rotziegeligen Gebäude, wie sie an der Porte de Champerret stehen. Im Lift drückte sie auf den Knopf für die fünfte Etage. Oben – Endstation des Lifts – angekommen, stieg sie noch eine kleine Treppe hinauf und ging einen Flur entlang.

Ihr Zimmer war eine Mansarde, so klein, daß zwischen Waschbecken und Bett gerade ein Durchschlupf blieb. An die beige Wand waren die Photos einer schwarzen Sängerin und eines amerikanischen Sängers geheftet. Vom Heizkörper, viel zu groß für das winzige Zimmer, strahlte eine übermäßige Hitze aus.

Sie öffnete das Fenster, von wo man am Horizont den oberen Rand des Triumphbogens sah. Sie ließ sich auf das Bett fallen und entnahm der Tasche ihres Regenmantels den Zettel, auf den er gekritzelt hatte:

Georges Bellune,
Rue de Berri 21, 3. Etage.
ÉLYSÉES 0015.

Gleich morgen würde sie ihn anrufen. Später verlöre sie nämlich den Mut.

Der Mann wirkte seriös. Vielleicht könnte er ihr helfen. Sie ließ die Augen nicht von dem Stück Papier, so als wollte sie sich überzeugen, daß Name und Adresse tatsächlich da geschrieben standen.

Sie hatte vergessen, etwas zum Essen einzukaufen, aber es war ohnedies kaum noch etwas von ihrem letzten Gehalt übrig. Seit sie nicht mehr in der Parfümerie der Rue Vignon arbeitete, verbrachte sie all ihre Tage im *Palladium*, wie in einem öffentlichen Bad.
Sie legte eine Platte auf. Der Plattenspieler stand auf dem Boden, am Fußende ihres Bettes. Dann schaltete sie die Bettlampe aus. Sie lag im Dunkeln und hörte die Musik, vor sich das nicht ganz so dunkle Fensterviereck. Weil der Regler an der Heizung fehlte, konnte sie diese nicht herunterdrehen, und so ließ sie die beiden Fensterflügel immer weit offen.

Als sie in der Gare Saint-Lazare ankamen, war es Nacht. Brossier war eingeschlafen. Louis gab ihm einen Schlag auf die Schulter.
Sie warteten im Abteil, bis alle Reisenden aus dem Waggon gestiegen waren. Dann setzte Brossier sich vor dem Spiegel seinen alten Tirolerhut auf, während Louis die Koffer aus dem Gepäckfach nahm: seine kleine Blechkiste und Brossiers granatfarbenen Lederkoffer.
Die Menschenschlange an der Taxistation war sehr lang, und Brossier lud Louis auf ein Glas ein. Sie gingen die Rue d'Amsterdam hinauf. Louis trug die Koffer, und Brossier spielte den Führer. Seine Wahl fiel auf ein Café, dessen Glasfassaden am Schnittpunkt zweier Straßen vorstießen wie ein Schiffsbug. Die Innenbeleuchtung war grell. Jemand stand am Flipper. Sie setzten sich an die Messingtheke.

– Zwei Bier, bestellte Brossier, ohne Louis erst zu fragen. Belgisches, nach Möglichkeit . . .
Er nahm seinen Tirolerhut ab und legte ihn neben sich auf einen Hocker. Louis betrachtete die Leute, die an dem Fenster vorbeitrieben wie unterseeische Schatten an einer Tauchkapsel, und den Stau an der Kreuzung.
– Auf Ihr Wohl, Louis! sagte Brossier und hob sein Glas. Freuen Sie sich, in Paris zu sein?

Sie ging durch einen Korridor, in den Gesprächslaute und Telefonläuten drangen. Kommen, Gehen, Türenschlagen. In Bellunes Büro war es sehr ruhig. Wäre man auf der Schwelle stehengeblieben, hätte man meinen können, niemand sei in dem Raum. Niemand, der die Stimme hob; nicht einmal das Klappern einer Schreibmaschine.
Bellune stand vor dem Schiebefenster und rauchte. Oder er saß auf dem Arm eines Ledersessels und hörte von einem Tonband Chanson-Aufnahmen ab. Er fragte sie nach ihrer Meinung, doch Instrumente und Stimme waren so leise, daß sie kaum etwas hörte. Eines Nachmittags hatte sie ihn gar überrascht, wie er versonnen dem sich abspulenden Band zuschaute, ohne überhaupt den Ton aufgedreht zu haben.
Er arbeitete seit langem für dieselbe Plattenfirma, und da seine Rolle – so sein Ausdruck – darin bestand, »neue und außergewöhnliche Talente zu entdecken«, hatte er versprochen, mit ihr eine Platte aufzunehmen. Doch er schien sich in seinem Büro zu

langweilen. Jedesmal, wenn sie ihn besuchte, sagte er ihr in dem gleichen ungeduldigen Ton:

– Wie wär's, wenn wir ein bißchen weggingen, Odile?

Er hängte das Telefon ab, das ohnedies nie läutete, und versperrte im Korridor seine Bürotür. Er nahm sie am Arm und führte sie zum Lift.

Sie gingen die Rue de Berri hinauf, Richtung Champs-Elysées. Er blieb immer schweigsam, und sie wagte es nicht, ihn aus seinen Träumereien zu reißen. Dann erklärte er ihr, mit einer sehr sanften Stimme, es sei an der Zeit, mit ihr ein Band aufzunehmen, das man der Plattenfirma vorführen könnte. Man müsse ein paar gute Lieder finden, er werde sich an ihm bekannte Texter-Komponisten wenden. Etwas »Klassisches«, das im Gegensatz stünde zu dem, was die »Jungen« jetzt sängen.

Er verstummte von neuem, und während sie die Straße wieder hinunter gingen, war ihr, als verlöre er jäh das Interesse an ihr, vergäße sogar ihre Anwesenheit. Sie stellte ihm eine schüchterne Frage zu dem Thema der Platte, aber er antwortete nicht. Er blickte vor sich hin.

– Ein schwieriges Metier ... sehr schwierig ...

Er sagte das so unbeteiligt, daß sie sich fragte, ob dieses Metier ihn überhaupt noch interessierte.

Sie waren vor der Hausnummer 21 angekommen. Bevor er in dem Gebäude verschwand, bestellte er sie für den Abend.

– Bis später, Odile.

Sie blieb dann eine Zeitlang unschlüssig stehen. Gern

wäre sie ihm nachgegangen, um ihn wieder dabei zu überraschen, wie er vor dem sich drehenden Tonband saß. Vielleicht verbrachte er seine Nachmittage, indem er zusah, wie sich in der Stille die schwarzen Bänder abspulten.

Das Hotel, das Brossier für ihn ausgesucht hatte, bevor er neuerlich zu einer »Geschäftsreise« aufgebrochen war, lag weit hinten im fünfzehnten Arrondissement, in der Rue de Langeac. Es war ein Zimmer mit einem Waschbecken und einem Bett aus braunem Holz; an der Wand eine Papiertapete mit malvenfarbenen Blumen. Eine kurzhaarige Frau unbestimmbaren Alters brachte ihm gegen neun Uhr das Tablett mit dem Frühstück herauf. Er verzehrte alles, sogar die Zuckerstücke und die Marmelade, die übriggeblieben war, nachdem er die Weißbrotschnitten verschlungen hatte. Tagsüber würde er sich vielleicht an der Theke eines Cafés ein Sandwich bestellen. Er hatte sich ausgerechnet, daß er mit den von Brossier geliehenen hundertfünfzig Francs auf diese Weise eine gute Woche auskäme. Dann wäre Brossier sicherlich von seiner »Geschäftsreise« zurück und würde ihn – wie er es versprochen hatte – »jenem einflußreichen Freund« vorstellen, »der ihm Arbeit verschaffte«.
Seit den endlosen Tagen in der Krankenabteilung der Kaserne war es ihm zur Gewohnheit geworden, Radio zu hören, einen Transistor, der in einem grünen Lederfutteral steckte. Er lag da, den Blick zur Decke gerichtet, und dachte an die Zukunft, das

heißt an gar nichts, während Nachrichten, Chansons und Unterhaltungssendungen aufeinander folgten. Von Zeit zu Zeit rauchte er eine Zigarette, achtete jedoch darauf, möglichst lange mit einem Paket auszukommen, denn diese speziellen englischen Zigaretten, in Metallschachteln, waren teuer. Man hatte ihn in der Kaserne deswegen oft aufgezogen, aber er mochte den braunen Tabak nicht.

Gegen Abend verließ er, den Zimmerschlüssel in der Tasche, das Hotel, nachdem er zuvor noch die Glastür der Rezeption mit einem flüchtigen Blick bedacht hatte. Der Kahlkopf mit dem sonnverbrannten Gesicht spielte Schach mit einem Partner, von dem man nur den Rücken sah. Draußen bog er in die Rue de la Croix-Nivert ein. Das Restaurant lag ziemlich am Ende der Straße, und oft unterbrach er seinen Weg dahin am Square Saint-Lambert. Dort saß er auf einer Bank und wartete, indem er eine Zigarette rauchte, die Zeit bis zum Abendessen ab. Brossier hatte ihm eine alte Gabardinehose und eine Tweedjacke gegeben, die ihm gute Dienste leisteten: in diesem Jahr war der Winteranfang sehr kalt; dann, mit dem Schnee, wurde es wieder wärmer.

Das Restaurant hatte etwas von einem Refektorium, durch die großen Tische, wo man zu acht oder zu zehnt saß. Jeder Tisch trug ein Schildchen mit dem Namen der dafür zuständigen Kellnerin. Er nahm Platz an dem Tisch »Gisèle«. Für neun Francs aß er eine Vorspeise, ein Fleischgericht mit Gemüse, und ein Dessert; dazu konnte man sich aus der Karaffe Wein einschenken, soviel man wollte. Die Wände umlief ein Fresko, das eine Landschaft in Savoyen zeigte, dem Herkunftsland des Wirts.

Er wechselte ein paar Höflichkeitsfloskeln mit seinen Nebenleuten, in der Mehrzahl Männer, die entweder in der Nähe wohnten oder Taxichauffeure waren. Er trank noch einen Kaffee und blieb dann gern in der Menge sitzen, in den Küchenschwaden und -gerüchen, die in seinen Kleidern hängenblieben. In der Nacht ging er auf der Rue de la Croix-Nivert bis zum Boulevard de Grenelle.

An der Kreuzung wurde die Lautsprechermusik, unter dem Aufgang zur oberirdischen Métro, verschluckt von dem Getöse der aufeinanderprallenden Karussellautos. Er blieb für einen Augenblick an dem Podestrand stehen und betrachtete die Stangen, die bis hinauf ins Dach einen Funkenwirbel versprühten, sowie die rosa, blaßgrünen oder violetten Autos. Dann setzte er seinen Weg auf dem Erdstreifen bis zur Seine fort.

Später, als Roland de Bejardy ihm von seinem Vater erzählte, erinnerte er sich seiner Herzstiche, sooft er an den Stufen zur Métro vorbeikam, kurz vor dem Quai. Links nahmen jetzt Neubauten den Platz des Vélodrome d'Hiver ein, der Winterradrennbahn, da, wo einst sein Vater Rennen bestritten hatte. Und später in den Nächten, wo er in Bejardys Büro Dienst tat und zum Zeitvertreib die gebundenen Jahrgänge der alten Sportzeitungen durchblätterte und in ein Album die Artikel einklebte, in denen der Name seines Vaters neben anderen Fahrern des Vel' d'Hiv' stand, sah er sich wieder allein vor den Gebäuden, die nun die Stelle des Velodroms einnahmen, mit dem Krach der Métro über seinem Kopf und dem Gefühl, ein bloßes Staubkorn in dem Staub des Boulevard de Grenelle zu sein. Und doch war die Luft durchwirkt von einer besonderen Gegenwart.

Bellune stand am Fenster und blickte ihr nach, wie sie die Straße überquerte. Dann verschwand sie in der Menschenmenge der Champs-Elysées.
Sie ging die Avenue hinunter, und da es zu regnen anfing, bog sie ab zu den Lido-Arkaden. Vor den Schaufenstern der Passage blieb sie stehen. Eine Frau trat aus einem Geschäft und stieß gegen sie. Ein paar Schritte weiter begegnete ihr ein Mann, der sie anlächelte. Er machte kehrt, folgte ihr und redete sie an, in dem Moment, als sie die Geschäftspassage verließ.
– Sie sind allein? Trinken Sie ein Glas mit mir?
Sie wandte sofort den Kopf ab und ging rasch auf die Avenue zu. Er wollte sie einholen, blieb aber dann unter dem Vordach des Lido. Während sie sich entfernte, ließ er sie nicht aus den Augen, so als habe er gewettet, sie so lange wie möglich im Blick zu behalten. Leute kamen in Gruppen aus einem Kino. Er sah noch ihre kastanienbraunen Haare und den Rücken ihres Regenmantels; dann war sie von den andern nicht mehr zu unterscheiden.
Sie hat das *Sinfonia* betreten. Zu dieser Tageszeit war das Geschäft voll. Sie hat sich bis nach hinten durchgeschlängelt, eine Platte ausgesucht und sie dem Verkäufer gegeben, damit er sie ihr vorspiele. Sie

hat gewartet, bis eine Kabine freigeworden war, und Platz genommen, wobei sie sich die zwei kleinen Kopfhörer über die Ohren stülpte. In der wattigen Stille hat sie das Getriebe um sie herum vergessen. Jetzt ist sie ganz offen für die Stimme der Sängerin. Sie schließt die Augen. Sie träumt, eines Tages nicht mehr in dieser Masse und in diesem Krach zu gehen, worin sie erstickt. Eines Tages wird es ihr gelingen, die Lärm- und Gleichgültigkeitswand zu durchdringen. Nichts mehr wird sie dann sein als eine Stimme, eine sich klar abhebende Stimme, genau wie die, der sie gerade zuhört.

Sie stieg an der Métrostation Iéna aus, ging die Avenue hinunter bis zur Seine und dort an den Trocadéro-Gärten vorbei. Bellune wohnte ein bißchen weiter weg, in einer Straße, die in den Quai de Passy mündete.

Das Appartement befand sich in der letzten Etage des Gebäudes und war ausgestattet mit einer Terrasse, von der aus man die Dächer des Viertels, die Seine und den Eiffelturm sah. Bellune hatte an den Rand der Terrasse Liegestühle und einen Tisch gestellt; das weiße Geländer ähnelte einer Reling.

Die Fenster des Wohnraums gingen zur Straße hin. Die Einrichtung bestand aus einem langen Tisch, einem Lederfauteuil und einem Pianino. Ein Flur führte zu Bellunes Schlafzimmer. An der linken Wand des Flurs hing ein kleines Plakat von der Größe eines Flugblatts:

ROSEN VON HAWAI
VON
GEORG BLÜNE
mit
GUSTI HORBER
UND
OSKAR HAWELKA

Die Titellettern waren mit Rosengirlanden verbunden; darüber ein ovales Photo von einem jungen, schönen, braunhaarigen Mann, in dem sie Bellune erkannte.

– Sind das Sie?

Er antwortete nicht. Tags darauf aßen sie zu Abend in dem Restaurant des Square d'Alboni – sie aßen immer in den Restaurants des Viertels, so als scheue Bellune die Entfernung von seinem Zuhause –, und er klärte sie über einiges auf. Mit dreiundzwanzig, als er noch in Österreich lebte, hatte er jene Operette komponiert, die zuerst in Wien, seiner Geburtsstadt, und dann in Berlin überaus erfolgreich war. Aber zu seinem Unglück traf dieses Karrieredebüt zusammen mit der Machtergreifung durch die Nazis. Ein paar Jahre später war er gezwungen, Österreich in Richtung Frankreich zu verlassen, und hatte keine Musik mehr geschrieben; begnügte sich damit, für das Radio und für Plattenfirmen zu arbeiten. Von all dem sprach er unbeteiligt, so als handle es sich um jemand andern.

Nach dem Abendessen führte er sie manchmal in irgendein Varieté, wo Anfänger auftraten. Deren

Darbietungen enttäuschten Bellune, doch aus Anstand blieb er bis zum Ende. Eines Abends – es war in einem leeren Lokal in der Nähe von Sacré-Cœur, genauer: in der Rue du Chevalier-de-la-Barre, der Straße des Ritters-mit-der-Stange, deren Name ihn angezogen hatte – bot man ihnen ein Programm ganz für sie allein. In einer fahlen Beleuchtung rüttelte ein platinblonder Sänger eine elektrische Gitarre und wackelte dazu mit dem Kopf. Bellune, unbewegten Gesichts, ließ ihn nicht aus den Augen. Dann begann eine kleine Braunhaarige im weißen Spitzenkleid ein Wiegenlied zu singen. Zwischen jeder Nummer gab ein Conférencier, mit der Miene eines zerstreuten Marktschreiers, Geistreiches von sich. Ein hochgewachsenes Mädchen mit einer runden Stirn, Gesicht und Oberkörper hergerichtet als Galionsfigur, brachte traurige Seemannsweisen. Ihr folgte eine mollige Grimassenschneiderin, die eine geschwätzige Witzserie abzog. Die Beleuchtung wechselte zwischen Orange, Opal und Türkis, und Bellune beglückwünschte die Künstler.
Ihr blieb dieser Abend unvergeßlich, ohne Zweifel durch ihre Seitenblicke hin zu ihm, in dem besonderen Licht. Sie fand ihn da geheimnisvoll, ja sogar schön, und er glich dem jungen Mann im Oval, jenem, der in Wien die Musik zu *Rosen von Hawai* geschrieben hatte.

Mit der Zeit beschäftigte es sie, was aus ihr werden sollte, ohne ihn, und sie fühlte sich verloren, wenn er nicht mit ihr war.

Eines Nachts, sie kam später als üblich von Bellune heim, hielten Polizisten die Autos an und überprüften die Papiere der Insassen. Sie sah sie von weitem, doch sie wagte es nicht, den Taxichauffeur auf der Stelle anhalten zu lassen.
Auf die Geste eines Uniformierten hin stoppte das Taxi am Gehsteigrand. Sie kramte in ihrer Tasche nach dem Paß und streckte ihn zum offenen Fenster hinaus.
– Sie sind minderjährig . . .
Der Polizist bedeutete ihr auszusteigen. Sie bezahlte die Fahrt, und der Taxichauffeur gab ihr gleichgültig das Wechselgeld heraus, ohne sich nach ihr umzudrehen.
Der Zellenwagen stand ein bißchen weiter weg, in der Seitenallee des Boulevard Berthier. Man stieß sie hinein.
– Eine Minderjährige . . .
– Wie alt?
– Neunzehn.
Drinnen befanden sich zwei Uniformierte und ein dicker Blonder in Zivil. Dieser überprüfte ihren Paß.
– Sie wohnen bei Ihren Eltern?
– Nein.
– Sie sind Studentin?
– Nein.
Die Wagentür fiel zu, der Fahrer wendete und nahm den Boulevard Berthier. Sie hockte eingeklemmt zwischen den beiden Uniformierten. Der dicke Blonde in Zivil saß auf dem Klappsitz ihr gegenüber und blickte sie an, wobei er mit dem Paß wedelte.

– Was hatten Sie zur Nachtzeit auf der Straße zu suchen?
Sie antwortete nicht. Im übrigen hatte er die Frage ganz ohne Nachdruck gestellt, bloß so, und die Antwort schien ihn nicht zu interessieren.
– Laß mich kurz in der Rue Le Châtelier aussteigen, sagte er zum Chauffeur.
Er steckte den Paß in seine Jackentasche. Der Zellenwagen bog rechts ab in eine kleine Straße, wurde langsamer und hielt.
Der dicke Blonde stieg aus. Da er den Schlag nicht geschlossen hatte, sah sie, wie er in ein Haus ging, dessen verglaste Tür schmiedeeiserne Muster trug. An der Wand eine Leuchtschrift: *Résidence Gourgaud*.
Momentlang dachte sie an Flucht. Einer der Uniformierten hatte seinerseits den Wagen verlassen und ging auf dem Trottoir auf und ab. Der andere saß jetzt vor ihr, mit geschlossenen Augen. Aber wie käme sie dann wieder zu ihrem Paß? Und der Polizist auf dem Gehsteig würde ihr den Weg verstellen.
Eine Lähmung befiel sie. Die zwei Fenster im Erdgeschoß der Résidence Gourgaud waren beleuchtet, und hinter dem linken bemerkte sie eine Grünpflanze, deren große Blätter an der Scheibe hafteten wie Saugnäpfe.
– Möchten Sie eine Zigarette?
Der Polizist bot ihr sein Päckchen an. Sie lehnte ab.
– Glauben Sie, daß man mich lange festhalten wird?
– Ich weiß es nicht.

Er hatte mit den Achseln gezuckt. Er war jung, nicht älter als fünfundzwanzig, sah schläfrig aus und zog an seiner Zigarette, die er zwischen Daumen und Zeigefinger hielt, was ein wenig verschlagen wirkte.
Der dicke Blonde war aus der Résidence Gourgaud gekommen, in Begleitung eines anderen, der sehr groß war und einen Stock benutzte. Der auf und ab gehende Uniformierte stieg sofort in den Wagen und setzte sich neben sie, so als sollte er die beiden draußen allein lassen. Diese standen auf dem Trottoir, unterhielten sich sehr laut und brachen schließlich in ein Lachen aus. Sie verstand ein paar Bruchstücke; es war die Rede von einem gewissen Paul.
Während sie weitersprachen, entfernten sie sich immer wieder von dem Zellenwagen, und jedesmal fragte sie sich, ob sie zurückkämen. Vielleicht hatte man sie vergessen? Die zwei Uniformierten neben ihr schlummerten. Neuerlich kamen der dicke Blonde und der andere an dem Wagen vorbei und sprachen mit erhobener Stimme.
Sie sagte sich, das werde die ganze Nacht so weitergehen, sie werde einschlafen wie die Polizisten. Doch der Blonde beugte sich zur Tür herein.
– Sie können aussteigen.
Der andere hielt Abstand, auf seinen Stock gestützt.
– Ihren Paß bekommen Sie nicht gleich zurück. Kommen Sie ihn morgen um zwei abholen. Verstanden?

Er gab ihr die Adresse eines Kommissariats im siebzehnten Arrondissement an.
Sie entfernte sich geradewegs und wagte nicht, sich umzudrehen; sie war sicher, daß die beiden Männer ihr nachblickten. Als sie die Avenue de Villiers erreichte, hörte sie den Zellenwagen, der dann an ihr vorbeibrauste.
An der Place de la Porte-Champerret war noch ein Café offen, und sie wollte Bellune anrufen, um ihm alles zu erzählen, aber sie brachte es nicht über sich, an der Kasse nach einer Telefonmünze zu fragen.
Der Boulevard Bineau lag vor ihr wie eine Passage. Sie befand sich nun auf einem Vorfeld an der Grenze der Stadt.
Sie bräuchte nur die Passage des Boulevard Bineau zu nehmen: so als befreite man sich dadurch aus einem Sumpf und gelangte hinaus ins Offene.
Doch sie überquerte den Hof des großen Gebäudeblocks zur Linken und stieg die Treppe hinauf. Im Zimmer streckte sie sich auf dem Bett aus und schlief auf der Stelle ein, in ihren Kleidern, und ohne die Nachttischlampe auszuschalten.

Louis erwachte jäh. Es wurde heftig an seine Zimmertür geklopft.
– Auf, auf! Ich bin's, Brossier ... Ich erwarte Sie unten ...
Er zog sich rasch an und ging ungekämmt die Treppe hinunter. Brossier lehnte an der Rezeption.
– Sie werden mit mir frühstücken ...

Draußen war es noch finster. Es war kaum sieben Uhr. Sie betraten ein Café in der Rue de Vaugirard, wo der Kellner gerade den letzten Stuhl an einen Tisch stellte.

Brossier tunkte die Butterbrote in den Milchkaffee und verschlang sie mit einer Gier, die Louis verblüffte. Er trug einen neuen Hut, von derselben Machart wie der andere, überragt von derselben rötlichen Feder. Auch sein Mantel schien neu zu sein: aus Loden.

– Nicht schlecht dieser Mantel, wie? ... Sie brauchen auch so einen ... Er würde Ihnen gut stehen ... Ich bringe Sie zu Tunmer ... Sie können nicht immer mein altes Gabardinezeug abtragen ... Tut mir leid, daß ich Sie so früh geweckt habe, aber ich fahre schon wieder für fünf Tage weg ... Richtung Südwesten ... Ich kümmere mich um Sie, wenn ich zurück bin ...

Er steckte ihm zweifach gefaltete Geldscheine zu.

– Ihr Taschengeld ... Und vergessen Sie nicht: Bei meiner Rückkehr geht's an die Arbeit ... Ich werde Ihnen den Freund vorstellen, von dem ich Ihnen erzählt habe ...

Er blickte besorgt auf seine Uhr.

– Wenn Sie mich brauchen, lassen Sie eine Nachricht im Hotel Muguet, Rue Chevert, im siebten Arrondissement ... Man wird sie mir weiterleiten ... Hotel Muguet ... Invalides 05-93 ...

Er schrieb die Telefonnummer auf einen Zettel.

– Wir treffen uns in fünf Tagen wieder, zur gleichen Zeit, im *Alcyon de Breteuil*, Avenue Duquesne ...

Was mochte er im Südwesten nur verkaufen od
kaufen? fragte sich Louis. Vielleicht Reifen? Diese Vorstellung brachte ihn fast zum Lachen. Ja, Reifen.

– Sie haben ein Jahr lang im *Paris-Parfum*, Rue Vignon, gearbeitet? fragte der dicke Blonde.

– Ja.

– Und warum haben Sie aufgehört, da zu arbeiten?

Sie senkte den Kopf und merkte dabei, daß ihre Strümpfe verrutscht waren.

– Ich habe dort angerufen. Es war nett von den Leuten, auf eine Anzeige verzichtet zu haben. Aber schließlich ist es nicht so schwerwiegend, in Ihrem Alter ein paar Lippenstifte zu klauen ... Nein ... nein ... Vergessen Sie's ...

Seine Stimme tat weich.

– Wußten Sie, daß Ihre Mutter seinerzeit im Strafregister stand?

Strafregister? Was sollte das heißen? Er reichte ihr ein Blatt mit ihrem Namen, Vornamen und Geburtsdatum, und dem Eintrag: »Vater unbekannt.« Weiter unten folgten Name und Vorname ihrer Mutter. Sie las ein paar Satzfragmente: » ... die Betreffende lebte von kleinen Schwindeleien ... Liebschaften ... Schwarzmarkt ... in der deutschen Besatzungszeit Freundin Pachecos ... Verhört im September 1944 von der Abteilung Quai du Gesvres ... Verstorben in Casablanca, Marokko, am 14. Februar 1947, im Alter von zweiunddreißig Jahren ...«

– Wir haben ein gutes Gedächtnis ...

Er stützte sich mit dem Ellbogen auf die schwarze Plastikhülle der Schreibmaschine und lächelte sie freundlich an. Doch sie fürchtete sich vor diesem Lächeln und spürte ihre verrutschten Strümpfe wie eine Verletzung, die sie am Fliehen hinderte.

– Los, sagte der dicke Blonde.

Sie durchquerte die Bahnhofshalle und betrat einen der Wartesäle. Sie setzte sich und begann, in einer Zeitschrift zu blättern, wobei sie versuchte, ruhig zu werden.

Der Raum füllte sich. Es war die Hauptverkehrszeit, wo die Züge aus den Vororten die Reisenden freigeben, während die Leute, die ihren Arbeitstag in Paris hinter sich haben, sich auf den Abfahrtsbahnsteigen drängen; diese Sanduhrbewegung dauert bis acht Uhr abends.

Es wäre für sie ein leichtes gewesen, in dieser Menschenmenge zu verschwinden, der Aufsicht des dicken Blonden und der beiden anderen zu entkommen und in gleich welchen Zug zu steigen. Doch einer der Polizisten in Zivil betrat den Warteraum, setzte sich neben die Tür und vertiefte sich, ohne sie im geringsten zu beachten, in eine Zeitung.

Bald waren alle Plätze besetzt. Sie blickte um sich, wobei sie den Zivilpolizisten überging. Die Gesichter der Wartenden waren übermüdet. Eine Frau verbreitete Pudergeruch, der sich vermischte mit dem kalten Tabakrauch. An der Hinterwand hing ein Plakat in weißen und himmelblauen Farben: auf einer großen Schneefläche, die von der Sonne widerschien, glitt ein

einzelner Schifahrer dahin, und die Aufschrift lautete: URLAUB IM ENGADIN.
Draußen preßte ein Mann die Stirn gegen die Glastür. Entkäme sie denn niemals mehr diesem Aquarium? Neben ihr stand jemand auf und verließ den Warteraum. Der Mann hinter der Scheibe schaute sie an. Nach einem kurzen Zögern setzte er sich dann auf den leeren Stuhl, wobei der Zipfel seines Mantels ihr Knie streifte.
– Wie spät ist es?
Seine sehr schrille Stimme paßte gar nicht zu dem viereckigen Gesicht und dem Bürstenhaarschnitt. Er trug eine Fliege.
Bevor sie ihm antwortete, blickte sie schnell zu dem Zivilpolizisten hin, der ihr mit dem Kopf ein kaum merkliches Zeichen gab.
– Auf welchen Zug warten Sie?
– Auf den Zug aus Cherbourg, um neun.
– Ich auch. Das trifft sich gut ... Möchten Sie mit mir ein Glas trinken? Wir haben noch fast eine Stunde Zeit ...
Seine Stimme wurde immer schriller, und zugleich hatte er eine seltsame Art, die Wörter auszusprechen: so als imprägnierten seine Lippen diese mit Vaseline.
– Wenn Sie mögen ...
Er ging eilig, ohne sie aus den Augen zu lassen. Der Zivilpolizist folgte ihnen seitlich, im Abstand.
– Ich lade Sie auf eine Tasse Tee außerhalb des Bahnhofs ein. Ich kenne einen ruhigen Winkel ...

Es war dunkel. Er öffnete den Schlag eines DS 19 und sagte kurz:

– Es ist zwar nicht weit dahin, aber mit dem Auto geht's rascher ...

Er fuhr die Rue d'Amsterdam hinunter.

– Sie sind ... Studentin?

– Ja.

– Was studieren Sie?

Sie suchte nach einer Antwort.

– Englisch ...

Seine Hände auf dem Lenkrad waren weiß und unförmig, ohne die geringste Prägung. Er trug einen Ehering. Bevor er in das Auto gestiegen war, hatte er den Mantel ausgezogen und sorgfältig zusammengelegt. Sein Anzug war dunkelblau, die Fliege grau.

Er nahm die Rue Saint-Lazare, wobei er den Kopf nach rechts und nach links wendete.

– Seltsames Viertel ... Ich mag dieses Viertel nicht ...

Seine Lippen wurden spitz.

– Sehen Sie ... Eine Schande ...

Unter der Arkade der Rue de Budapest wartete eine Frau, und hinter ihr stand eine Gruppe von Männern vor einem Hoteleingang.

– Finden Sie nicht, daß so etwas schändlich ist?

Und als sie stumm blieb:

– Überlegen Sie: Sie an der Stelle dieser Frau – eine Schande, oder etwa nicht ...?

Er bog in die Rue de Londres ein.

– Diese armen Mädchen, sie zerstören sich ...

– Ist es noch weit?

– Nein. Wir sind gleich da. Arme Mädchen ...
Sie nahm sich vor, an der nächsten Ampel auszusteigen. Er fuhr jäh nach links, in eine kleine verlassene, sehr enge Straße, die einem Privatweg glich. Sie versuchte, die Tür zu öffnen, doch diese war verschlossen.
– Warten Sie einen Moment ... Ich möchte Ihnen etwas zeigen ...
Wieder drückte sie nervös den Türgriff und stemmte sich mit der Schulter gegen die Scheibe.
– Nein, nein ... Das hat keinen Sinn ... Die Tür ist abgesperrt ... Warten Sie ...
Er hatte sich umgedreht und eine schwarze Aktentasche vom Rücksitz genommen. Er öffnete sie, zog ein großes, in rotbraunes Leder gebundenes Album hervor und legte die Tasche wieder auf ihren Platz.
– Da ... sehen Sie ...
Er schlug das Album auf: Seite für Seite ein sorgfältig eingeklebtes »Spezialphoto«, ähnlich jenen, die einst heimlich die Zwillinge mit den roten, pockennarbigen Gesichtern verkauften, auf dem Boulevard de Clichy. Er wendete die Seiten so achtsam, als handle es sich um die Blätter eines Meßbuchs.
– Warten Sie ... die hier ... der gebe ich den Vorzug ...
Eine Frau im Profil, mit schwarzer Samtmaske, saugte am Geschlechtsteil eines gesichtslosen Mannes.
– Gefällt sie Ihnen?
Er legte das Album beiseite und packte sie hinten am Nacken. Sie wehrte sich, aber sein Griff wurde immer

fester. Er zwängte sie mit der rechten Schulter gegen die Lehne, griff mit der Linken hinter sich und öffnete das Handschuhfach.

– Moment ... Ich muß meine Vorkehrungen treffen ...

Er hielt ihr ein halbentrolltes Präservativ vor die Augen.

– Das stört Sie hoffentlich nicht. Ich habe Angst vor Krankheiten ...

Er umschlang sie immer fester, und sie versuchte, sich zu befreien. Es gelang ihm, sie auf den Sitz zu drücken. Sie spürte sein Gewicht auf sich.

– Es wird nicht lange dauern ... Bewegen Sie sich nicht ...

Sie sah nur noch seine graue Fliege, die ihr gegen die Augen schlug.

– Bewegen Sie sich nicht ... Es wird gleich vorbei sein ...

Doch man öffnete eine Tür. Jemand zog den Mann am Jackenkragen aus dem Auto. Sie richtete sich auf, und der dicke Blonde half ihr ins Freie.

Sie hatten den Mann an eine Mauer gedrückt, zwischen zwei hohe Fensterläden, und da er herumfuchtelte, schlug ihn einer der Zivilpolizisten, mit dem Handrücken, immer wieder. Sie drängten ihn zu dem Wagen, der am Eingang des Gäßchens stand.

– Ich komme gleich, rief der dicke Blonde ihnen nach, während sie den Mann in das Auto stießen.

Dann trat er, ein bißchen verlegen, auf sie zu.

– Es ist vorbei. Trinken wir eins – wenn Sie mögen ...

Der Schlag des DS 19 war offen geblieben. Er schloß ihn, nachdem er zuvor noch einen Gegenstand vom Sitz genommen hatte.
– Das hat er vergessen ...
Er zeigte ihr die Fliege, die er dann einsteckte.
Sie nahmen Platz an einem Tisch in einem Café der benachbarten Rue de Londres.
– Zwei Kir! bestellte der dicke Blonde.
Sie leerte das Glas in einem Zug.
– Trinken Sie noch einen.
Während er mit der Fliege herumspielte, die er wieder aus der Tasche gezogen hatte, erzählte er ihr einiges über den Mann, den er und seine Kollegen »dank ihrer Mitarbeit« gerade gefaßt hatten. Es handle sich um einen Ingenieur aus Bois-Colombes ... Sie hätten drei Monate gebraucht, um seine Identität herauszufinden ... Um ein Haar habe der Dreckskerl eine kleine Deutsche umgebracht.
Sie hörte kaum zu, noch durcheinander von dem Vorfall. Und die zwei Kir, hastig geleert, hatten sie vollends betäubt.
– Noch einen Kir? Warum nicht? Mit mir ist es was anderes ...
Er war überzeugt gewesen, den Kerl gerade an der Gare Saint-Lazare zu fassen. Eine alte Erfahrung aus seinen Anfängerjahren in einem Kommissariat dieses Viertels. Saint-Lazare bildet sozusagen die tiefstgelegene Stelle in Paris, eine Senke, eine Art Trichter, in den alle schließlich hineinrutschen. Man braucht nur zu warten. Und sowie sie am Grund des Sumpfes von Saint-Lazare wimmeln, angelt

man sie heraus wie Hechte. Das hatte sich gerade wieder erwiesen.

– Morgen werden Sie Ihre Aussage machen ... Wir werden's ihm geben, diesem Lumpen ... Und Sie bekommen dann von mir Ihren Paß zurück ...

Er erhob sich schwerfällig.

– Sie haben ja die Adresse ... Morgen um zwei im Polizeibüro Galvani ... Und danach können Sie das Ganze vergessen ...

Er deutete ein Lächeln an und verließ das Café, beinah mit dem Gang eines Tänzers. Er hatte die Fliege auf dem Tisch vergessen, und sie konnte nicht davon wegschauen.

Doch all das war schließlich ohne jede Bedeutung. Sie würde nicht einmal Bellune davon erzählen. Sie bestellte noch einen Kir. Hinter ihr wurde elektrisches Billard gespielt, und sie lauschte der Stimme des Sängers, die sie gern hatte und die in diesem Jahr aus allen Jukeboxen drang, eine klang- und tonlose Stimme, weder männlich noch weiblich, eine Stimme, die gleichsam den Rauch, das Klicken der Billardkugeln, die Gesprächsgeräusche, das Zischen der Kaffeemaschinen und die Nacht unten auf dem Platz, wo die Scheiben des *Royal-Trinité*-Hotels blinkten, in sich aufgenommen hatte.

Nur eins zählte: man würde ihr den Paß zurückgeben.

Endlich stellte ihr Bellune dann an einem Nachmittag, in seinem Büro in der Rue de Berri, zwei Männer vor: einen Fettleibigen, fast Kahlköpfigen, der eine

schwarze Aktentasche trug, und einen Blondgelockten, Hohlwangigen: Berne und Sardy, Texter-Komponisten. Sie hatten vier Chansons für sie geschrieben, und Bellune reichte ihnen die Verträge des Musikverlags, die sie unterzeichneten.
Während der ganzen folgenden Woche studierte sie diese Chansons ein, mit Hilfe eines österreichischen Pianisten, der manchmal Bellunes Sekretär spielte; die beiden kannten einander aus der Zeit der *Rosen von Hawai.* Als sie soweit war, setzte Bellune den Aufnahmetermin fest.
Er begleitete sie ins Studio. Zwei Nachmittage später waren die Lieder auf Band. Dann ließ er mehrere Probeplatten, die »weichen«, wie er sich ausdrückte, mit ihren vier Chansons pressen. Am Abend hörte sie diese bei ihm an. Es fiel ihr schwer, in der Stimme, die von der Platte kam, die eigene zu erkennen. Bellune ermutigte sie, indem er ihr wiederholte, ihre Stimme klinge gut; ihr Vertrag werde bald unterschrieben sein. Eins der Chansons hieß *Les oiseaux reviennent,* Die Vögel kehren zurück, und der Refrain eines anderen begann mit *J'ai jeté mon cœur dans les vagues,* Ich ließ mein Herz den Wellen.

Er hatte ihr persönlich eine der Probepressungen übergeben wollen, und sie wartete auf ihn in der Nähe der Schallplattenfirma, in einer kleinen Straße, welche die Seitenflanke des *Gaumont-Palace* säumte.
Als er kam, sagte er, es sei »alles eingeleitet«; binnen einer Woche werde sicher eine positive Antwort

eintreffen, und sie könne dann den Vertrag unterzeichnen.

Er beschloß, zu Fuß ins Büro zurückzukehren. Sie nahmen den Boulevard de Batignolles, wobei sie auf dem Trottoir in der Sonnenseite gingen. Bellune schwieg; etwas schien ihn zu beschäftigen. Sie stellte ihm einige Fragen, auf die er nicht antwortete. Schließlich erkundigte sie sich, ob etwas ihm Sorge bereite.

– Nein, nein ... ganz und gar nicht ...

An der Kreuzung bogen sie nach links in den Boulevard Malesherbes ein, und Bellune, der zerstreut die Fassaden anschaute, hielt jäh vor einem winzigen Einzelgebäude, das, durch die Tür und das einzige Fenster, an ein Puppenhaus erinnerte.

– So etwas ... seltsam ...

Der sehr leichte Akzent, mit dem er sonst französisch redete und der eigentlich nur merkbar wurde, sooft er ihren Namen, Odile, aussprach, hatte sich verstärkt. Sie stand neben ihm und betrachtete ihrerseits das Haus, ohne zu begreifen, was ihm so auffällig geworden war.

– Sehr seltsam ist das ... Weißt du, was sich seinerzeit hier befunden hat? Das österreichische Generalkonsulat.

– Tatsächlich?

– Ja ... das österreichische Generalkonsulat ...

Versunken legte er ihr, mit einer sehr sanften Geste, die Hand auf die Schulter und sagte, als spreche er zu einem Kind:

– Eines Tages bin ich hierhergegangen ... Das war in

meinem ersten Pariser Jahr. Die Republik Österreich existierte damals schon nicht mehr. Trotzdem gab es hier immer noch ein österreichisches Generalkonsulat ...

Er senkte die Stimme, ähnlich wie jemand, der einem kleinen Mädchen *Les Malheurs de Sophie* der Comtesse de Ségur in einem verschwörerischen Tonfall vorliest, um es dadurch zu fesseln.

– Ich habe also dieses Haus betreten, welches damals das österreichische Generalkonsulat war ... Und es wurde mir mitgeteilt, ich hätte die österreichische Staatsbürgerschaft verloren ... Aus ... keinen Paß mehr ... Ich bin dann in den Parc Monceau gegangen und habe mich dort auf eine Bank gesetzt ...

Er nahm sie am Arm und zog sie, nach einem letzten Blick auf die schwarze Fassade des Hauses, zum Parkgatter hin.

Sie setzten sich auf eine Bank, nah an einem Sandplatz mit spielenden Kindern. Er schien es mit der Rückkehr ins Büro nicht eilig zu haben.

– Ob wir noch ein bißchen hier in der Sonne bleiben?

– Eine gute Idee, Odile.

Die Geschichte, die er ihr gerade erzählt hatte, erschien ihr ein wenig dunkel, und sie hätte gern noch ein paar Einzelheiten erfahren. Aber er hatte sich auf der Bank zurückgelehnt und bot sein Gesicht der Sonne dar. Zum Beispiel hätte sie gern gewußt, ob die Bank, auf der er an diesem Nachmittag saß, dieselbe war wie nach seinem Besuch in dem österreichischen Generalkonsulat, das es nicht mehr gab.

Sie läutete mehrmals, doch es kam niemand. Da sie einen Wohnungsschlüssel hatte, sperrte sie auf.
Sie rief, aber er antwortete nicht. Kein Laut in der Wohnung. Bellune hatte sich wohl im Büro verspätet.
Auf dem Tisch im Wohnzimmer lag ein großer Umschlag, beschriftet mit ihrem Vornamen, in roter Tinte. Sie öffnete ihn. Der Umschlag enthielt die Probeaufnahmen ihrer zwei Chansons und einen Brief.

»Meine liebe Odile, wenn Du das liest, werde ich meinem Leben ein Ende gesetzt haben, in einem Zimmer des Hotel Rovaro, Avenue des Ternes. In diesem Hotel habe ich vor langer Zeit einmal gelebt. Ich kam damals gerade aus Österreich. Aber ich möchte Dich nicht mit Erklärungen ermüden.
Was Deine Platte betrifft, so bin ich optimistisch. Ich empfehle Dich weiter an Dauvenne oder Wolfsohn, Etoile 50-52. Sie werden sich um das Weitere kümmern.
Ich umarme Dich und sage mit einem Lied aus meiner Jugend *beim Abschied leise Servus.*

Georg.

Bleib nicht in der Wohnung. Es könnte sein, daß man Dir lästige Fragen stellt.«

Sie fühlte sich zu schwach, aufzustehen, und starrte auf das Piano, wo ein Sonnenstrahl einen Teil der Tastatur aufleuchten ließ. Sie dachte an die Nachmit-

tage vor diesem Piano, wo der alte Österreicher, Bellunes Gelegenheitssekretär, mit ihr die Chansons einstudierte und ihr sogar, um ihr eine Freude zu machen, die Ouvertüre zu *Rosen von Hawai* vorspielte. Sie blieb im Lederfauteuil sitzen, den großen Umschlag in der Hand.
Das Telefon läutete, doch sie rührte sich nicht. Es läutete noch lange; in der Stille dann wechselte der Sonnenstrahl über auf den grauen Spannteppich.

Wieder läutete das Telefon. Diesmal hob sie ab.
– Hallo! . . .
– Wer ist dort?
Es war eine nervöse Männerstimme.
– Eine . . . Freundin von Monsieur Bellune.
– Warten Sie . . . Bleiben Sie am Apparat, bitte . . .
Der Mann sprach mit jemandem. Sie hörte ein Murmeln.
– Hallo! . . . Bin ich richtig in der Wohnung von Monsieur Georges Bellune?
Die Stimme war weniger schrill als die erste. Sie legte auf. Sie ging an den Trocadéro-Gärten entlang. Jeden Abend, seit zwei Monaten schon, nahm sie denselben Weg: die Gärten; den Quai; die geschwungene Brücke von Bir-Hakeim. Sie entsann sich des Aquariums im Garten, das sie mit ihm besichtigt hatte, und der Treppen, die sie hinanstiegen, um auf den Boulevard Delessert zu gelangen. Er hatte sie darauf aufmerksam gemacht, daß dieses Viertel sozusagen auf mehreren Ebenen errichtet war, an der Flanke eines Hügels, was ihm einen besonderen Zauber

verlieh. Und dann die Nächte auf der Terrasse vor dem Appartement, jene paar besonders milden Dezembernächte, nachdem der Schnee gefallen war – jene Nächte, wo sie versuchten, hinter das Geheimnis der Nachbarfenster und -terrassen zu kommen.

In einem Café verlangte sie ein Telefonbuch und suchte die Adresse des Hotels; dann ging sie die Avenue des Ternes hinauf.
Als sie sich der Hausnummer näherte, sah sie eine Ambulanz und einen Streifenwagen auf dem Gehsteig parken, daneben mehrere Uniformierte, die vor dem vorspringenden Hoteleingang standen und sich unterhielten. Zwei Männer traten da heraus, und sie kehrte jäh um. In einem der beiden hatte sie den dicken Blonden erkannt, von dem sie in der Gare Saint-Lazare als Lockvogel benutzt worden war. In der Vorwoche hatte sie das Polizeibüro Galvani aufgesucht, um ihre Aussage zu unterzeichnen, und er hatte ihr den Paß zurückgegeben.
Sie lief, und wagte nicht sich umzudrehen, aus Angst, der dicke Blonde könnte sie verfolgen, so wie jene bläulichen, schimmernden Fliegen, die sich einem auf das Gesicht oder die Hände setzen und die man nicht los wird. Sie war sicher: seine Anwesenheit bedeutete, daß Bellune tatsächlich tot war.

Sie sitzt an einem Tisch der Gaststätte in der erhöhten Passage, welche die Gare Saint-Lazare mit dem »Hotel Terminus« verbindet. Durch die Scheibe betrachtet sie die Straße und die Leute, die aus dem

Bahnhof kommen und an der Taxistation warten. Die unbestimmte Vorstellung, den Zug zu nehmen und Paris möglichst schnell zu verlassen, hat sie hierhergeführt, und sie erinnert sich der Bemerkung des dicken Blonden: Man strandet schließlich immer unten in der Senke von Saint-Lazare.
Es ist dunkel; ein monotones Hin und Her zwischen der Wandelhalle und der Gaststätte. Die Leute trinken hastig irgend etwas und verschwinden zu ihren Vorortzügen. Unten zwängt man sich in die Taxis, aber die Warteschlange ist immer gleich lang. Sie allein bleibt unbeweglich in all dem Treiben.
Sie hat einen Kir bestellt, wie seinerzeit mit dem dicken Blonden. Sie vergißt, warum sie hier ist. Sie ist schwindlig von diesem Durcheinander der Menschen, die sich setzen, aufstehen, sich setzen, und von dem Lärm in der Wandelhalle. Wie lange hat sie schon nicht mehr geschlafen? Um sich herum sieht sie nur noch verschwimmende Silhouetten, große bewegliche Flecke, während ein Insektensirren an ihrem Ohr nach und nach alle anderen Geräusche zudeckt.

Brossier hatte das Abteilfenster heruntergeschoben und streckte den Kopf heraus.
– Ich rufe Sie im Hotel Langeac an, Louis ... übermorgen, gegen fünf ...
Der Zug fuhr an. Brossier, am Fenster, spreizte mit einer herrischen Geste alle fünf Finger der Hand. Zweifellos wollte er damit sagen: »Fünf Uhr.«
Louis ging zurück in die Wandelhalle. Für das

Abendessen in der Rue de la Croix-Nivert war es zu spät. Er wandte sich gerade den Treppen zu, die aus dem Bahnhof führen, als er linker Hand in der verglasten Passage die kleine Gaststätte entdeckte. Er trat ein, setzte sich an einen Tisch und bestellte einen Milchkaffee mit zwei Broten.

Es war schon spät, und er war der einzige Gast. Nur an einem Tisch im Hintergrund saß ein Mädchen und schien zu schlafen, den Kopf auf den abgewinkelten Arm gelegt. Louis sah von ihr nur die kastanienbraunen Haare.

Das Licht in der Gaststätte war von einem trüben Gelb, gleichsam verbraucht oder beschmutzt von dem Atem all derer, die in der Hauptverkehrszeit hier durchkamen. Nur die Verglasung strahlte klarschwarz, und daneben an der Wand klebte ein Plakat mit der Aufschrift: URLAUB IM ENGADIN.

Während er die Brote aß, blickte er unverwandt auf jene über den Tisch gebreitete Haarmasse; kaum, daß sich etwas von dem Ellbogen, der Stirn und der Hand zeigte. Nichts an ihr bewegte sich; nicht das kleinste Anzeichen eines Atems. Vielleicht war sie tot.

Er trank seinen Milchkaffee. Der Kellner war hinausgegangen, und es herrschte in der Gaststätte jetzt eine Stille, die von den Dieselmotoren der unten an der Station haltenden Taxis und dem regelmäßigen Türenschlagen kaum gestört wurde. Auf dem Tisch neben dem Haarschopf des Mädchens stand ein Glas, halb voll mit einer Flüssigkeit, die Louis wegen ihrer Farbe für Grenadine hielt.

Der Kellner kam zurück und fing an, die Stühle auf die Tische zu stellen. Es war Sperrstunde. Louis zahlte.
– Schläft sie?
Der Kellner zeigte auf das über den Tisch gesunkene Mädchen. Nach einem kurzen Zögern ging er auf sie zu und rüttelte an ihrer Schulter. Sie hob langsam den Kopf.
– Wir schließen!
Sie blinzelte verständnislos. Louis war betroffen von ihrer Blässe. Sie suchte in ihrer Tasche und legte dann ein paar Münzen auf den Tisch. Der Kellner zählte.
– Es fehlen noch drei Francs.
Sie suchte von neuem in der Tasche, wie gehetzt, fand aber nichts. Louis stand auf und legte einen Fünf-Francs-Schein hin.
– Danke.
Die Bahnhofshalle war wie ausgestorben. Louis folgte dem Mädchen. Sie ging von Schritt zu Schritt langsamer, und er fürchtete, sie könnte umfallen. Schließlich setzte sie sich auf eine Bank neben den Schaltern.
– Ist Ihnen schlecht? fragte Louis.
– Ein bißchen ... Ich habe Angst, ohnmächtig zu werden ...
Er setzte sich neben sie.
– Kann ich Ihnen helfen?
– Danke ... Warten Sie ... Es wird gleich besser ...
Ganz hinten, auf der Terrasse der großen Gaststätte, sangen beurlaubte Soldaten, wobei sie nach jeder

Strophe in Gebrüll oder Gelächter ausbrachen. Einige Gestalten bewegten sich mit der Langsamkeit von Schlafwandlern zu den Abfahrtsbahnsteigen hin. Louis dachte an die Menschenmasse, vorhin, als er Brossier zum Zug begleitet hatte. Nach dem Rückzug der Flut waren in dieser unermeßlichen, leeren Halle nur noch er, das Mädchen und die beurlaubten Soldaten dort im Hintergrund übrig, gestrandet wie Algenhaufen.
Er half ihr, aufzustehen, und stützte sie am Arm. Als sie draußen die Treppe hinabstiegen, fühlte er den Druck ihrer Hand. Sie erschien noch bleicher als in der Halle, vielleicht durch das Licht aus den Neonröhren. Er brachte sie zur Taxistation. Zufällig wartete da einmal niemand.
Sie murmelte ihre Adresse so leise, daß dann er es war, der dem Chauffeur bedeutete: »Porte Champerret.«

Im Lift hielt sie sich nur mit Mühe aufrecht, und im Korridor nahm er sie am Arm. Sie zeigte ihm die Tür zu ihrem Zimmer und gab ihm den Schlüssel. Er hatte Schwierigkeiten mit dem Aufsperren; denn er wußte nicht, daß man den Schlüssel nicht ganz ins Loch schieben durfte. Sie ließ sich auf das Bett fallen.
– Möchten Sie etwas essen? fragte Louis.
– Nein, danke.
Ihr Gesicht war so bleich, daß Louis überlegte, ob er einen Arzt rufen sollte.
– Es geht mir schon besser . . .
Sie lächelte ihn schwach an.

– Könnten Sie ein bißchen bei mir bleiben ... b
noch besser geht? ...
– Wie heißen Sie?
– Odile.

Er setzte sich auf den Bettrand. Sie schloß die Augen. Sie schlug sie wieder auf, in immer größeren Abständen. Bald war sie eingeschlafen.

Und wenn er ihr etwas zu essen oder zu trinken holte? Die Cafés an der Porte Champerret waren sicher noch offen. Was aber, wenn sie in seiner Abwesenheit erwachte? Er bemerkte, daß Brossier vergessen hatte, ihm vor seiner Abreise Geld zu geben. Er hatte nur noch zwei Fünf-Francs-Scheine.

Sie schlief, die linke Wange gegen das Kissen gepreßt. Er zog ihr die Stiefel aus, die seitlich einen Reißverschluß hatten. Das Zimmer war winzig: gerade ein Durchgang blieb zwischen dem Bett und dem Waschbecken. An den Wänden sah er Sängerphotos und über dem Waschbecken einen Abreißkalender, mit dem Datum des vierten Januar. Ohne zu überlegen, riß er die überzähligen Blätter ab: heute war schon der zwölfte Januar.

Warum stand das Fenster so weit offen? Er wollte es schließen. Die Heizung war viel zu stark, und er suchte vergebens einen Regler. Jetzt begriff er und öffnete das Fenster wieder.

Er war hungrig. Wie sollte man fünf Tage mit zehn Francs auskommen? Er legte sich neben sie und schaltete die Lampe aus.

Odile kramte in ihren Taschen und fand drei Zehn-Francs-Scheine und zwei Francs fünfundachtzig Centimes.

Gegen Abend ging Louis um den Häuserblock und kaufte einen Liter Milch, Brot und ein paar Scheiben Schinken. Er rief im Hotel Muguet an, wo man ihm sagte, Brossier werde erst in der nächsten Woche zurückerwartet.

Um den Hunger erträglich zu machen, schliefen und lagen sie möglichst lange. Sie verloren den Zeitsinn, und wäre Brossier nicht zurückgekommen, so hätten sie das Zimmer nie mehr verlassen, nicht einmal das Bett, wo sie Musik hörten und sich nach und nach treiben ließen. Das letzte Bild der Außenwelt, das waren die Schneeflocken, die den ganzen Tag am Fenster vorbeifielen.

Louis stellte Odile Brossier vor, der die beiden an einem Tisch des *Royal Champerret* erwartete.
– Was machen Sie beruflich? fragte Brossier.
– Ich bin dabei, eine Platte herauszubringen.
– Eine Platte? Im Augenblick ist die Konkurrenz wohl ziemlich hart ...
Er deutete auf Louis:
– Was ihn betrifft, so sind wir dabei, ihm eine Chance zu geben. Ich hoffe, er zeigt sich ihrer würdig ...
Er sprach in einem falsch-väterlichen Ton, der ihnen beiden mißfiel, und ihre Blicke kreuzten sich. Louis war sich gewiß, daß sie von Brossier ebenso dachte wie er. Dieser bedachte Odile mit einem Blick, den er offensichtlich für bestrickend hielt.
– Auch ich träumte in meiner Jugend von einem künstlerischen Beruf ...
Er lächelte geradezu verschwörerisch.
– Stellt euch vor: ich bin einem Mann begegnet, der mich dazu ermutigte ... Ein bemerkenswerter Mensch ... Er meldete mich zu einem Schauspielkurs an ... Leider wurde nichts daraus ... Ich hatte zuviel Ähnlichkeit mit einem Schauspieler, der Roland Toutain hieß ...
Er zog langsam den Atem ein, um seinen Worten mehr Nachdruck zu geben.
– Im Grunde ist es das einzige, was mich wirklich interessiert hätte ... Und ihr ... ihr werdet also zusammenwohnen? Dort hinten? ...

Er deutete auf den großen Häuserblock auf der anderen Straßenseite.
– Ja . . . Wir werden zusammenwohnen, sagte Louis.
– In eurem Alter ist das etwas Schönes . . . Man lebt von der Luft, oder?
Er nahm seinen Tirolerhut ab und legte ihn auf den Tisch. Er hatte sicher eine ganze Sammlung davon; der heutige war dunkler als die anderen, fast blau.
– In eurem Alter habe auch ich mir wenig Sorgen gemacht . . . Eines Tages werde ich euch davon erzählen . . .
Odile, die bis dahin keine Miene verzogen hatte, begann ungeduldig zu werden. Vielleicht merkte das Brossier; jedenfalls hob er unvermittelt den Kopf.
– Hören Sie, Louis . . . Ich habe ein Treffen mit meinem Freund Bejardy abgemacht . . . Donnerstag um drei . . . bei ihm . . . Sie sollten sich rasieren, mein Lieber . . . Sie sehen aus wie ein Clochard . . .

Die Wohnung lag am Quai Louis-Blériot, in einer Häuserzeile, die man auch von der Avenue de Versailles aus betreten konnte. Als sie in der dritten Etage ankamen, sah Louis neben der Klingel eine kleine Marmorplatte, wo, in Gold, die Initialen *R. de B.* eingraviert waren.
– Was heißt das? fragte er Brossier.
– Roland de Bejardy.
Brossier läutete. Es öffnete ein schwarzhaariger, großgewachsener, etwa vierzigjähriger Mann.
– Roland, das ist Louis Memling . . . Roland de Bejardy . . .

– Sehr erfreut.
Er führte sie in den Salon, einen großen Raum, dessen Fenster auf die Seine hinausgingen. Nachdem er ihnen ein blaßblaues Samtsofa zugewiesen hatte, setzte er sich hinter einen Louis XV-Schreibtisch.
– Wie alt sind Sie?
– Zwanzig, sagte Brossier, ohne Louis zu Wort kommen zu lassen.
– Das ist gut.
Bejardy betrachtete ihn gönnerisch. Auf seinem Schreibtisch befand sich kein Papier, einzig ein Telefon. Aber unten auf dem himmelblauen Spannteppich lagen Aktenstapel.
– Haben Sie irgendwelche Abschlußzeugnisse? fragte Bejardy.
– Nein.
– Er hat gerade seinen Militärdienst beendet, sagte Brossier.
– Jedenfalls sind Zeugnisse ...
Und Bejardy strich mit dem Handrücken über den Schreibtisch. Wie er da saß, mit seinen energischen, regelmäßigen Gesichtszügen, dem gewellten Schwarzhaar, dem in der Prinz-von-Wales-Jacke aufgerichteten Oberkörper, hatte er etwas von einem bedeutenden Advokaten, und Louis kam dazu der Ausdruck »Gerichtssaaltenor« in den Sinn, vielleicht auch wegen der Pracht des Möbelstücks, hinter dem er verschanzt war, und vor allem wegen seiner sonoren Stimme.
– Hast du ihm schon von der Arbeit erzählt, die ich ihm anvertrauen könnte?

– Noch nicht.
– Es ist nichts Kompliziertes ... ein Nachtwächterposten in einer Garage ... Was heißt »Nachtwächter« ... eigentlich ist es eher eine Sekretärstätigkeit ... Telefondienst ... den Kunden das Tor öffnen ...
– Was halten Sie davon, Louis? fragte Brossier.
– Ich bin einverstanden.
– Gut, Sie können gleich anfangen, sagte Bejardy.
So war er also kein »Gerichtssaaltenor«, wie es den Anschein gehabt hatte, und der Ausdruck »Garage« hatte Louis verblüfft wie ein falscher Ton. Jetzt zwang er sich dazu, diesen Mann als Direktor einer Garage zu sehen.
– Sie fangen an mit ... fünfzehnhundert Francs im Monat, sagte Bejardy.
– Ist Ihnen das recht, Louis?
– Ja.
– Selbstverständlich gibt es Zulagen, sagte Bejardy.
Er erhob sich und winkte sie zum anderen Ende des Salons. Brossier faßte Louis am Arm und flüsterte:
– Haben Sie seinen Schreibtisch gesehen? Reinster Louis XV ... Betrachten Sie doch die Bronzeleisten ... unten, an den Beinen ... in der Form von Akanthusblättern ...
Sie nahmen Platz auf einem anderen blaßblauen Samtsofa. Das Aperitiftablett stand in der Mitte eines schwarzgelackten, vielleicht chinesischen Tischchens mit kurzen, gewundenen Beinen.
– Whisky? Porto?
Bejardy reichte ihnen die Gläser. Louis blickte sich

um. Die rechte Wand wurde eingenommen von einem Bücherregal, in den Fächern massiv und farbenprächtig gebundene Bücher, die meisten in Schubern. Vor ihm, auf dem marmornen Kaminsims, stand das Photo einer schönen jungen Frau mit braunen Haaren, in einem Silberrahmen. War das Bejardys Frau? Und war dieser tatsächlich Garagenbesitzer? Louis traute sich nicht, ihn zu fragen.
Durch die Glastür sah er die Quais und das weiße Gebäude der Citroën-Fabrik am anderen Seine-Ufer. Ein Kran beförderte Steinblöcke. Was war der Zusammenhang zwischen der gar zu kuscheligen Wohnung Bejardys hier und der Fabriks-, Dock- und Lagerschuppenlandschaft am grauen Gegenufer? Nein, Bejardy lebte sicher nicht zufällig hier, und der Kontrast zwischen den Prunkbänden, den allzu protzigen Teppichen im Salon und den kleinen tristen Häusern drüben am Quai Javel mußte ihm etwas bedeuten.

– Sie heißen wirklich Memling? fragte Bejardy.

– Ja . . .

– Sind Sie irgendwie verwandt mit Memling, dem ehemaligen Radrennfahrer? . . . Dem, der verheiratet war mit einer Tänzerin vom *Tabarin*? . . .

Louis zögerte kurz.

– Ja . . . Wir waren miteinander verwandt . . .

Es trieb ihn, die Stätte kennenzulernen, wo seine Mutter gearbeitet hatte, und so suchte er das *Tabarin*, aber in der Rue Victor-Massé fand er an der alten Adresse nur eine blinde Fassade. Aus dem einstigen

iete war wohl ein Dancing oder eine Garage geworden. Es erging ihm wie an dem Abend, als er, am Ende des Boulevard de Grenelle angelangt, sich darauf einstellte, dort das Vel' d'Hiv' zu sehen und sich an seinen Vater zu erinnern.
So hatten also die zwei Stätten, welche die Kraftzentren im Leben seiner Eltern gewesen waren, zu existieren aufgehört. Eine Beklemmung erfaßte ihn. Über seiner Mutter und seinem Vater stürzten langsam Wandflächen zusammen, und ihr unaufhörliches Stürzen wirbelte Staubwolken auf, die ihm den Atem nahmen.
In dieser Nacht träumte er, Paris sei ein schwarzes Loch, das einzig von einem zweifachen Glimmen erleuchtet wurde: dem Vel' d'Hiv' und dem *Tabarin*. Erschreckte Falter flatterten momentlang um diese Lichter, ehe sie in das Loch fielen. Nach und nach bildeten sie da eine dicke Schicht, in die Louis beim Gehen bis zu den Knien versank. Und bald wurde er, selber zum Falter geworden, mit den anderen abgesaugt.

Zu Mittag spielten unten im Hof Kinder. Er hörte ihre Schreie im Halbschlaf. In der Regel war Odile schon gegangen, denn sie kümmerte sich um ihre Platte. Er aß eine Kleinigkeit gegenüber im *Royal Champerret*, und Odile kam später dazu. Danach begleitete er sie, zuerst zu der Plattenfirma hinter dem Gaumont-Palace, wo sie, wie Bellune ihr geraten hatte, sich mit Dauvenne oder Wolfsohn treffen sollte. Wolfsohn war es, der sie empfing.

Er hörte die Probeplatte von Anfang bis Ende und sagte ihr, in einem sehr sanften Tonfall, das Chanson »passe nicht ins Programm«, doch er wolle ihr eine Liste mit den Namen von Impresarios, Varietédirektoren, Radioleuten oder anderen Schallplattenfirmen geben, die sich für ein »solches Projekt« interessieren könnten. Er breitete die Liste vor ihr aus, wobei er von Zeit zu Zeit eine Adresse oder eine Telefonnummer überprüfte. Dann faltete er das Blatt und steckte es in einen Umschlag.

– Hier bitte ... Ich gebe Ihnen auch meine Visitenkarte ... Sagen Sie, daß ich Sie schicke ...

Er stand auf und brachte sie zur Bürotür. Er schüttelte ihr die Hand und fragte mit veränderter Stimme:

– Haben Sie Georges Bellune gut gekannt?

– Ja.

– Es ist wirklich schade ... So ein großartiger Kerl ...

Er blieb vor ihr stehen.

– Wir kannten einander aus Wien, aus der Zeit vor der Sintflut ...

Was meinte er mit »Sintflut«? Sie verstand ihn nicht.

– Ich wünsche Ihnen alles Gute ...

Er steckte den Kopf zur Tür heraus und wiederholte:

– Alles Gute ...

Manchmal warteten sie zu zweit in einem Empfangsraum. Odiles Vorsprache dauerte in der Regel nicht lange; mutlos kehrte sie zu ihm zurück, ihre Probeplatten in der Hand.

Während sie ihre Chansons vorstellte, blieb er allein

und blätterte in den Zeitschriften, die auf niedrigen Tischen gestapelt waren wie im Vorzimmer eines Zahnarztes. Darin waren die neuen Platten und die Hits aufgeführt, mit all den Namen, von denen die meisten in der folgenden Saison schon vergessen wären. Geschäftige Leute öffneten Türen, aus denen Musikbruchstücke klangen.
Eines Abends, als er in einem Korridor stand und wartete, daß sie ihre Platte vorgeführt hätte, hörte er Odiles Stimme, überdeckt von dem Klappern der Schreibmaschinen, den Gesprächslauten und dem Klingeln der Telefone, und er fragte sich, wozu das alles gut sei.

Sie saßen schon lange in einem großen Vorraum und blickten durch halb offene Türen auf verlassene Büros, deren Insassen wohl gerade gegangen waren; geblieben waren verbrauchte Luft und Tabakrauch. Die Wanduhr vor ihnen zeigte acht.
– Ich warte draußen auf dich, sagte Louis. Ich bin im Café gegenüber.
Zehn Minuten vergingen. Sie konnte den Blick nicht von der Wanduhr lösen, war von Stahl und Glas wie gebannt. Die Stille in dem Raum war so tief, daß sie das leise Sirren der Neonlampen hörte. Sie stand auf und ging zu einem Fenster. Nacht. Unten fluteten die Autos die Avenue de la Grande-Armée entlang; die doppelten Scheiben hielten den Motorenlärm ab. Jenseits der Avenue das Café, wo sie mit Louis verabredet war. Ob sie überhaupt noch die Kraft hätte, ihn zu treffen? Es regnete.

– Monsieur Vietti erwartet Sie.

Sie folgte der Sekretärin durch einen Flur, an weißen Wänden vorbei, von den Neonröhren ebenso grell beleuchtet wie der Warteraum. Die Sekretärin stieß eine ledergepolsterte Tür auf und ließ sie eintreten.

Zwei Männer saßen zu beiden Seiten eines Holzschreibtisches, der die Form eines Kreisbogens hatte. Einer der beiden erhob sich: gebräuntes Gesicht, Wildlederjacke mit Fransen. Er wandte sich zur Tür. Odile, die ihn erkannt hatte, grüßte ihn schüchtern. Seine Antwort war ein Lächeln ...

– Auf Wiedersehen, Frank, sagte der hinter dem Schreibtisch.

– Auf Wiedersehen ...

Als er draußen war, bedeutete der andre Odile, näher zu kommen.

– Guten Tag.

– Guten Tag, sagte Odile, ein bißchen durcheinander.

– Ja ... das war Frank Alamo, sagte er, so als beantworte er eine Frage im voraus. Ich habe seine Sachen sehr gern ... Vor allem *Allô Mademoiselle* ...

Er war braunhaarig, ziemlich jung, die Haut ähnlich getönt wie Frank Alamo, dem er ein wenig ähnelte, und bekleidet mit einem marineblauen, gestreiften Anzug; es fehlte nicht einmal die Krawattennadel. Auf dem Schreibtisch, den eine Glasplatte abdeckte, befanden sich zahlreiche Akten und zwei Telefone

– Wolfsohn schickt Sie also?
Seine weiche Stimme überraschte sie. Gewöhnlich war die Redeweise von Leuten in seiner Position herrisch.
– Möchten Sie mir Ihre Chansons vorsingen? Ich würde sie jedenfalls gerne hören ...
Er flüsterte fast. Sie zog aus ihrer Tasche eine der Probeplatten.
– Ah, Sie haben sie schon aufnehmen lassen?
– Ja. Jemand ... Georges ... Georges Bellune hat mich dazu gebracht ...
– Bellune? ... Der sich ...
Das Telefonläuten unterbrach ihn.
– Nein ... Ich bin nicht zu sprechen ...
Er legte auf.
– Eine traurige Geschichte mit Bellune. Ich glaube, er hat eine Zeitlang hier gearbeitet. Kannten Sie ihn gut?
– Ja.
Er hatte die Probeaufnahme auf einen Plattenspieler, neben dem Schreibtisch, gelegt. Dann führte er sie zu einem großen grauen Sofa.
– Zum Zuhören ist's hier besser ...
Bevor er sich neben sie setzte, sperrte er die ledergepolsterte Tür ab.
Die Platte war so oft abgespielt worden, daß ihr die Chansons von Mal zu Mal schlechter vorkamen. Ihre Stimme war kaum mehr hörbar. Im übrigen hatte Bellune ihr gesagt, die Probeplatten nutzten sich schnell ab, wenn man sie zu oft auflege, und hinzugefügt: wie das Leben.

Sie fürchtete den Moment, wo die Platte zu Ende wäre. Sie würde dann, wie üblich, aufstehen und gehen müssen. Auch sie hatte das Gefühl, abgenutzt zu sein. Sie überließ sich der Stille und der Behaglichkeit dieses in zarten Farben spielenden Büros: dem grauen Spannteppich, dem hellen Holz, den Gazevorhängen, welche die ganze verglaste Fensterfront einnahmen, dem blauen Lampenschirm.
– Sehr gut, Ihre Chansons . . . Sehr gut . . . Selbstverständlich wird es schwer sein, sofort eine Platte herauszubringen . . .
Er hatte ihr eine Hand auf die Schulter gelegt. Sie bewegte sich nicht. Zarte Finger; die Nägel sicherlich manikürt.
– Aber Sie könnten sie in einem Varieté vortragen . . . Danach sehen wir weiter . . . Ich kümmere mich gleich morgen darum . . . Ich verspreche es . . . Gleich morgen . . .
Er knöpfte ihr die Bluse auf, ohne daß sie sich wehrte. Dann lag sie auf dem Bauch, und er streifte ihr Rock und Slip ab und streichelte ihr die Schenkel. Sie empfand Widerwillen bei der Vorstellung seiner gar zu gepflegten Finger. Sie blickte vor sich hin, das Kinn am Sofarand. Durch den Gazevorhang verschwammen die Lichter der Avenue wie die Umrisse der Möbel und der Gegenstände. Draußen regnete es. Hier drinnen war sie zumindest in Sicherheit. Hauptsache, sich nicht zu bewegen und – so ein ihr liebgewordener Ausdruck Bellunes – »aufzugehen im Dekor«.
Wenn dieser Mensch ihr behilflich sein konnte . . . Er

roch nach einem Toilettenwasser, das ihr im Gedächtnis blieb, und später, wenn sie an diese Zeit dachte, kam der Geruch zurück, zusammen mit der Erinnerung an das Warten in den Plattenfirmen, die Métros in der Hauptverkehrszeit, die Halle der Gare Saint-Lazare, den Regen, und den Heizkörper in ihrem Zimmer, der zu stark heizte, weil der Reglergriff gebrochen war.

Die Straße, in der die Garage lag, war gesäumt mit Bäumen und öffnete sich vor Louis wie eine auf ein Schloß oder auf eine Lichtung zuführende Allee. Laut Bejardy war es unklar, ob die Straße zum siebzehnten Arrondissement, zu Neuilly oder zu Levallois gehörte, und Bejardy gefiel diese Unbestimmtheit.

Louis aß mit Odile zu Abend in einem Restaurant der Porte de Villiers, das *A la Martinique* hieß. An den gekachelten Wänden glänzte eine Landschaft mit Palmen, Sand und smaragdenem Meer. Gegen neun machte er sich auf den Weg zu seinem Arbeitsplatz.

Es handelte sich um keine richtige Garage, sondern um einen Hangar, mit einem ockerfarbenen Gebäude zur Seite, dessen Erdgeschoß mit dem Hangar durch ein Eisentor verbunden war. Eine Betontreppe führte zu dem Zimmer in der ersten Etage, einem schmalen, aber sehr tiefen Raum. An den Wänden standen mehrere Glasschränke mit Akten. Die Mitte wurde eingenommen von einem geradezu ministeriellen Schreibtisch. Beim Durchforschen der Schubladen – die meisten leer – hatte Louis Briefpapier mit dem Aufdruck »Pariser Gesellschaft für Automobiltransporte, Rue Delaizement 9 A« entdeckt, sowie eine alte Visitenkarte auf den Namen *Roland de Bejardy, Avenue Alphand 3, Paris 16, Klé-08-63*. Zwei Lederfauteuils. Ein Diwan. Und auf dem Schreibtisch das Telefon, schwarz, ein urtümliches Modell mit rundem Sockel.

Seine Arbeit bestand darin, bei jedem Läuten die Hangartore zu öffnen. Dazu war keine große körperliche Anstrengung vonnöten, sie glitten leicht auf. Entweder verließ dann einer der Wagen den Hangar, oder ein andrer wurde zurückgebracht. In manchen Nächten kam niemand. Dann wieder ein lebhaftes Kommen und Gehen. Immer dieselben: ein Braunhaariger, mit Schnurrbart; zwei Blonde, der eine davon gelockt, pausbäckig; ein Mann, älter als die andern, mit Bürstenschnitt und metallgefaßter Brille; noch einige, die Louis freilich nicht mehr so recht wahrnahm. Er schloß hinter ihnen das Tor. Im Büro hob er das Telefon ab, und Stimmen – vielleicht die der Männer, die in der Nacht läuteten – gaben Tag und Stunde an, wo sie den oder jenen Wagen brauchten, und Louis hielt die Angaben in einem Notizbuch fest, das er dann Bejardy zeigte.

Am Anfang stellte er diesem ein paar neugierige Fragen. Bejardy erklärte ihm, die Firma vermiete »große Schlitten«, aber seine anderen »Aktivitäten« ließen ihm nicht die Zeit, sich darum zu kümmern. Louis hatte bemerkt, daß sich zu den dicken amerikanischen Wagen regelmäßig alle Arten von Mercedes-Modellen gesellten: kaum waren sie in dem Hangar geparkt, kamen andere Leute sie abholen.

Doch schließlich gewöhnte er es sich ab, Fragen zu stellen. Es handelte sich um eine Nachtwächter-Arbeit, und er mußte sehen, wie er sich bis zum Morgen beschäftigte. Bejardy hatte ihm in einem Schrank große, rotlederne Sammelbände einer Sportrevue gezeigt, und Louis war beim Durchblättern auf Photos seines Vaters gestoßen, wie er das Sechs-Tage- oder ein Sprint-Rennen bestritt. Bejardy hatte ihm erlaubt, die Photos auszuschneiden. Darauf hatte Louis ein Album gekauft, um diese Erinnerungsstükke einzukleben, zusammen mit dem kleinsten Artikel, der seinen Vater betraf, bis hin zu den Startlisten, wo dessen Name auftauchte.

Odile verbrachte die Nacht mit ihm auf dem Sofa, und oft kam es vor, daß sie auf das Telefonläuten nicht antworteten. Sie brachte ihm etwas zu essen, ein Sandwich oder eine Tafel Schokolade. Sie dachten sich Pläne für die Zukunft aus. Gelänge es ihr endlich, die Platte aufzunehmen oder in einem Varieté aufzutreten, so hätte er es nicht mehr nötig, hier zu arbeiten. Im Augenblick freilich war sein Nachtwächtergehalt ihre einzige Einnahmequelle.

War er allein, so schnitt er die Photos und die Artikel aus, klebte sie ins Album und notierte mit einem roten Kugelschreiber das Datum. Immer überschlug er die Zeitungen aus dem Jahr, da sein Vater und seine Mutter bei einem Autounfall ums Leben gekommen waren, aber er hatte sich sofort über die in der Woche seiner Geburt erschienene Ausgabe hergemacht. An jenem Abend verkündete der Sprecher, nach einem heiseren Hupton, einer der Fahrer, Memling, sei soeben Vater eines Sohnes geworden, und man setze im Namen des Neugeborenen eine Prämie von dreißigtausend Francs aus.

Zwischen einer Nummer mit dolchewerfenden Kaukasiern und einem Vogelstimmenimitator blieb ihr kaum die Zeit zu singen. Vietti – der mit den manikürten Nägeln – war am ersten Abend dabei. Er hatte dem Direktor des Varieté-Restaurants von Auteuil von ihr erzählt und sie danach gegen ein Uhr morgens zur Porte Champerret gebracht, wobei er ihr erklärte, bald mit ihr eine Platte aufnehmen zu wollen; zuvor jedoch sei es nötig, daß sie sich ein wenig »warmlaufe«.
Auf der Bühne trug sie einen sehr weiten Satinrock und ein mit Gagat besetztes Bolero-Jäckchen, ein Kostüm, das die Direktion ihr geliehen hatte.
Brossier hatte Odile vor Bejardy erwähnt; dieser befragte Louis eines Morgens, in der Garage, über seine »Braut«. Und als er hörte, Odile singe in einem Varieté, schien er amüsiert und setzte fest, man müsse unbedingt hin und sie anhören. Er bestellte einen Tisch für drei: sich, Brossier und Louis.
Bejardy kannte das Lokal von früher. Wie er sagte, habe das Dekor sich nicht verändert: immer noch dieselben dunkelsamtenen Tapeten und, an jeder Wand, dieselben Bilder im Geschmack des achtzehnten Jahrhunderts, galante Porträts oder Szenerien.
– Du hast mich eines Abends hierher mitgenommen, zusammen mit Hélène und deiner Mutter . . ., sagte Brossier.

– Bist du sicher? Wir gingen damals doch eher in die Bar der Avenue Alphand ...
– Nicht doch ... es war mit Hélène und deiner Mutter ... Ich war zu der Zeit wohl kaum älter als Sie, Louis ...
Louis hörte nicht zu. Er erwartete beklommen Odiles Auftritt. Bis jetzt hatte sie ihn nie dabei haben wollen, aus Angst, in seiner Anwesenheit bekäme sie Lampenfieber. Doch Louis hatte ihr erklärt, heute ginge es nicht anders, er müsse seine »Chefs« begleiten.
– Das sind ganz und gar nicht mehr die Gäste von früher, stellte Bejardy fest, indem er kühl um sich blickte.
Er studierte die Karte und bestellte: Blinis und Kaviar; Champagner Krug; und als Vorspeise ein paar Piroschkis. Weder Brossier noch Louis wurden dabei um ihre Meinung gefragt. Mit dem gewellten Schwarzhaar, der hohen Stirn und dem aufrechten Oberkörper strahlte er eine friedliche Autorität aus.
– Nein ... ganz und gar nicht mehr die Gäste von früher ...
Am Nachbartisch neigten Indonesier, ehe sie zu speisen begannen, zeremoniell ihre Köpfe.
– Wird Ihre Braut hier wenigstens gut bezahlt? fragte Bejardy.
– Ich glaube schon.
Louis, außerstande, auch nur einen Bissen zu essen, leerte nervös ein Glas Champagner.
– Sie müssen doch was essen, sagte Bejardy, indem er ihm ein Blini servierte.

– Louis macht sich Sorgen um seine Braut, sagte Brossier.
– Nur mit der Ruhe ... ich bin sicher, sie ist großartig ...
Die kaukasischen Tänzer verbeugten sich zum Klang einer abgehackten Musik, und das Licht schwand. Nur noch ein bleichblauer Strahlenkreis beleuchtete die Mitte der Bühne. Stille. Eine Geige. Dann erschien sie in dem bleichblauen Kreis, ein wenig steif in dem Bolero und dem langen Satinrock.
– Ihre Braut? fragte Bejardy.
– Ja, ja ...
Sie sang. Louis wußte das Lied auswendig und fürchtete, sie könnte ein Wort vergessen oder plötzlich abbrechen. Er grub die Nägel in die Handballen und schloß die Augen. Aber die Stimme trug; Odile schien das Lampenfieber nichts anzuhaben, und ihre Unbeweglichkeit hatte einen eigenen Zauber, vor allem am Ende, als sie ein Erfolgslied von einst sang, *La Chanson des rues:*

Man spricht da von den tristen Träumen
Und von den enttäuschten Lieben,
Und von den Traurigkeiten, welche säumen
All die Jahre, die zerstieben ...

Sie verneigte sich, indem sie scheu den Oberkörper abbog. Der ein wenig flaue Applaus der Indonesier wurde übertönt von dem »Bravo! Bravo!« Bejardys. Brossier fuchtelte mit dem Arm und bedeutete ihr, sich an den Tisch zu setzen. Sie nahm neben Louis Platz.

– Ich stelle dir Monsieur de Bejardy vor, sagte Louis. Jean-Claude Brossier kennst du ja schon ...
Bejardy hob die Schultern.
– Nennen Sie mich einfach Roland ...
Er beugte sich vor und küßte Odile die Hand, ohne daß zu erkennen war, ob auch Ironie mitspielte.
– Ich bin begeistert ... Vor allem von dem *Chanson des rues* ...
Der Imitator betrat die Bühne. Mannigfaches Pfeifen wurde hörbar, Triller, Gurren, was bei den Indonesiern Heiterkeit hervorrief. Sie, die bis dahin so ungerührt dagesessen hatten, konnten sich auf einmal vor Lachen nicht mehr halten, und sie steckten auch Brossier an.
– Entschuldigen Sie ...
– Ich bin begeistert, wiederholte Bejardy, und ich bin sicher, es steht Ihnen eine sehr schöne Karriere bevor ...
– Ich auch ... Ich auch, sagte Brossier, wobei er Tränen lachte.
Das Pfeifen wurde immer schriller und wahnwitziger. Auch Louis lachte. Odile lachte nervös. Schließlich schlug der Imitator, wie von einer Kugel mitten in die Stirn getroffen, rückwärts zu Boden und stieß dort, die Arme überkreuzt, ein nicht enden wollendes Geheul aus. Dann sprang er jäh auf und verschwand.
– Trinken Sie ein bißchen Champagner, schlug Bejardy Odile vor. Und singen Sie uns noch einmal das *Chanson des rues* ...
Sie trank aus Louis' Glas. Bejardy bestellte eine weitere Flasche.

– Treten Sie schon lange hier auf?
– Nein, nicht sehr lange, antwortete Odile schüchtern.
– Sie soll eine Platte aufnehmen, sagte Louis. Sie testet im Moment die Chansons.
Odile warf ihm einen Blick zu, der besagte: Wie lange müssen wir noch mit Brossier und Bejardy bleiben? Louis zwinkerte ihr zu. Sie lächelte.
– Ich kannte den Besitzer dieses Lokals, aber ich glaube, inzwischen gehört es jemand anderem, sagte Bejardy. Du weißt doch, Jean-Claude ... Ein Typ, der immer Reithosen trug ...
– Der jetzige trägt keine Reithosen, sagte Odile.
Louis goß Odile Champagner nach. Da er wußte, daß sie nicht zu Abend gegessen hatte, sagte er:
– Du solltest etwas essen ... du hast sicher Hunger.
– Aber selbstverständlich, meinte Bejardy. Ich werde Ihnen ein paar Blinis bestellen ...
Und er rief den Oberkellner.
– Doch zuerst trinken wir auf Ihre Gesundheit! sagte Brossier zu Odile.
– Auf die Gesundheit einer hochtalentierten Sängerin, sagte Bejardy.
Alle beide hoben sie ihre Gläser. Odile beäugte sie, halb neugierig, halb belustigt, so als betrachte sie das Gebaren zweier exotischer Tiere in einem Zoo. Sie stieß Louis mit dem Fuß an.
– Stimmt, Jean-Claude, jetzt erinnere ich mich, sagte Bejardy unvermittelt. Wir waren hier mit Hélène und Mama ...

Gegen zwei Uhr früh lud sie Bejardy zu sich, auf ein letztes Glas. Ein Taxi wurde bestellt. Unterwegs schlief Odile ein, die Stirn an Louis' Schulter.
In dem Salon, wo Louis beim ersten Mal empfangen worden war, schaltete Bejardy alle Lichter an. Der gar zu grelle Lüster blendete sie. Bejardy rollte ihnen einen Getränkewagen entgegen. Louis und Odile lehnten höflich jeden Schnaps ab. Brossier und Bejardy genehmigten sich ein kleines Glas Chartreuse.
– Das tut wirklich sehr gut, sagte Brossier, nachdem er einen Schluck getrunken hatte. Es ist, als tauche man in etwas Grünem unter ... Sie sollten auch da hineintauchen, Louis ...
– Ein echter Dichter, nicht wahr? fragte Bejardy, indem er sich Louis und Odile zuwandte. Ihr kommt mir alle beide ziemlich müde vor ... Ihr könnt hier schlafen ... ich habe ein Gästezimmer ... Doch ... doch ... Es ist mir ein Vergnügen ... Heute ist kein Arbeitstag.
Er stand auf.
– Kommt ... ich begleite euch ... Wir zwei, wir werden das ausnützen, um ein bißchen zu arbeiten ... Ich habe die Unterlagen mit ...
– Mit Vergnügen, Roland, sagte Brossier.
Sie hatten klare Augen, und wirkten munter und frisch, wie Leute, die gut ausgeschlafen sind, und das erstaunte Louis.
Das Zimmer lag neben dem Salon. Die blaßblauen Wände, der dicke Teppich, die Felldecke auf dem Bett und das Schleierlicht der Nachttischlampe verbreiteten eine Atmosphäre, die zum Schlafen verlockte.

– Das Badezimmer ...

Bejardy öffnete eine Tür, und als er Licht machte, zeigte sich ein Badezimmer mit Boden und Wände aus blauem Mosaik.

– Gute Nacht ... Heute nacht können Sie einmal schlafen, mein lieber Louis ... Und morgen treffen wir uns Schlag eins im *Pointaire* ...

Das war ein Restaurant in der Nähe der Garage, wo Bejardy oft zu Mittag aß.

Als er hinausgegangen war, legten sie sich auf das Bettfell, und weil Odile sich zu schwach fühlte, sich zu entkleiden, zog Louis ihr die Schuhe aus, und dann das übrige. Sie sahen sich in einem großen Standspiegel.

– Werden deine Freunde noch arbeiten? fragte Odile.

– Ja.

– Woran eigentlich?

– Ich weiß es nicht genau, sagte Louis.

Sie hörten Brossier und Bejardy im Salon reden. Später erwachte Louis und hörte sie immer noch reden. Andere Stimmen waren dazugekommen, und er ließ sich von dem unaufhörlichen Gemurmel einlullen.

Odile schlief. Durch das Fenster, dessen Vorhänge sie nicht zugezogen hatten, sah er die Seine, und auf dem Quai gegenüber das helle Gebäude der Citroën-Fabrik.

Bejardy gab ihm Samstag und Sonntag frei. Auch Brossier brauchte an diesen Tagen nicht zu arbeiten, und so schlug er Louis vor, sich gemeinsam »zu erholen«. Er wollte ihnen, ihm und Odile, seine Verlobte vorstellen. Würde Louis Brossiers Vertrauter, erführe er sicher, welche Gründe Bejardy veranlaßt hatten, ihn anzustellen, und wer überhaupt dieser Roland de Bejardy war.

Am Vortag hatte er sein Gehalt empfangen, und er überredete Odile, ihn zu begleiten. Gegen zehn mußte sie in dem Restaurant-Varieté in Auteuil sein, und weder sie noch Louis verstanden, warum Brossier sich gerade am frühen Nachmittag, und gerade an der Métrostation Cité universitaire mit ihnen verabredet hatte.

Eintausendfünfhundert Francs bauschten die Innentasche an Louis' Rock, und nach dem Abendauftritt bekäme auch Odile ihre Gage. Sie waren reich, und es war der erste sonnige Tag in diesem Winter. In dem Zug der Sceaux-Linie war ihnen, als seien sie aufgebrochen zu einer Reise.

Brossier erwartete sie auf dem Bahnsteig der Station Cité universitaire, als kämen sie da an ihrem Urlaubsort an, und er, ihr Freund, hole sie vom Bahnhof ab. Übrigens fragte er, indem er nähertrat, tatsächlich: »Habt ihr kein Gepäck?«, in einem Tonfall, der Louis derart verblüffte, daß er überlegte, ob sie noch in Paris oder schon am Ufer des Meeres seien.

Es war auch Brossiers Kleidung, die zu solcher Entspanntheit beitrug: kein Tirolerhut mit roter Feder mehr, auch nicht mehr der müde, knittrige Anzug des Handlungsreisenden und die schwarzen Schuhe und Socken. Statt dessen ein gemustertes

Hemd unter einem weißen Sweater, eine Leinenhose und Basketballschuhen, was zusammen ein einheitliches Bild ergab, auf das Brossier stolz zu sein schien. Und er war weder rasiert noch gekämmt. Louis und Odile bewunderten diesen neuen Menschen. Er zog sie zur Bahnhofstreppe.

– Hierhin, meine Lieben ...

Sie überquerten den Boulevard und betraten, von Brossier geleitet, den Bereich der Cité universitaire.

– Seht, da verbringe ich meine Wochenenden, sagte Brossier lächelnd. Kommt ... Hier ...

Sie nahmen linker Hand einen Rasenweg, traten über die Schwelle eines massigen Gebäudes und folgten einem Korridor, wo ihnen Studentengruppen begegneten.

– Meine Verlobte erwartet uns in der Cafeteria ... Hier, bitte ...

Es war früher Nachmittag, und die Cafeteria war leer. Eine überaus schöne Schwarze mit den regelmäßigen Zügen einer Äthiopierin saß an einem Tisch ganz hinten, und Brossier ging auf sie zu.

– Ich stelle euch Jacqueline, meine Verlobte, vor ... Odile ... Louis ... Jacqueline Boivin ...

Sie erhob sich und gab ihnen die Hand. Sie schien ein wenig verschüchtert, um die zwanzig, und trug einen grauen Faltenrock und ein beiges Twin-Set. Solch strenge Kleidung stand im Gegensatz zu der sportlichen Aufmachung Brossiers. Dieser forderte die beiden auf, sich an den Tisch zu setzen.

– Ich empfehle euch die Panbanias ... Sie sind hier ausgezeichnet ... Nicht wahr, Jacqueline?

Sie bestätigte es mit einem fast unmerklichen Nikken.
Während Brossier zur Bar ging, blieben Louis und Odile stumm. Sie lächelten seine Verlobte an, zu scheu, mit ihr zu reden, und als Louis ihr ein Paket Zigaretten hinhielt, lehnte sie mit einer kleinen Gebärde ab. Brossier kam wieder, in den Händen ein Tablett, darauf gestapelt die öligen Panbanias-Sandwiches, die er dann verteilte. Nach dem ersten Bissen sagte er dann:
– Saftig, nicht wahr? Mögt ihr ein bißchen Harissa zum Würzen? Ich hab's lieber ohne ...
Und er schlug die Zähne in das Brot.
– Sie verbringen also all Ihre Wochenenden hier? fragte Louis.
– Ja ... Jacqueline ist Studentin und wohnt in der Cité universitaire ... Und ich ...
Er suchte in der Tasche seines Sweaters und zog eine Karte hervor, die er Louis zeigte.
– Da ... Ich habe mir einen Studentenausweis verschafft ... Sonst hätte ich keinen Zutritt zum Cité-Restaurant ... Und außerdem fühle ich mich damit hier zuhause ...
Louis warf einen Blick auf die Karte. Sie lautete tatsächlich auf Brossiers Namen und besagte, neben seinem Photo, daß er Literatur studierte. Dann betrachtete Odile das Dokument.
– Schlafen Sie denn auch hier? fragte sie unverblümt.
– An jedem Wochenende.
Er freute sich herzlich, damit herausgerückt zu sein,

und legte den Arm um die Schultern seiner Verlobten.
Odile reichte ihm den Ausweis zurück, und jetzt beäugte er ihn. Er ging sehr vorsichtig mit ihm um, obwohl er in einem Plastiketui steckte.
– Ich habe mich ein bißchen jünger gemacht ... na ja ... kaum zehn Jahre ...
– Und welche Prüfungen werden Sie in diesem Jahr ablegen? fragte Odile.
– Das Vorbereitungsexamen zur Literatur ... Wie ist eigentlich der Fachausdruck, Jacqueline?
– Propädeutik, sagte Jacqueline mit kaum hörbarer Stimme. Er zog seine Verlobte an sich, und sie legte ihm den Kopf auf die Schulter.
– Und wie sind Sie zu dieser Karte gekommen? fragte Louis.
– Durch einen Bekannten Bejardys ... Einen Polen, der während des Krieges Ausweise gefälscht hat ...
Das sagte er gleichsam widerwillig, so als zeige er damit eine wunde Stelle und bedaure es, kein richtiger Student zu sein.
– Jacqueline ist Mathematikerin ... stellt euch das vor ... Sie hört Vorlesungen an der naturwissenschaftlichen Fakultät ...
– Wo haben Sie ihn kennengelernt? fragte Odile Jacqueline.
– Hier, in der Cafeteria.
Ihre Antwort kam langsam, leise.
– Ich sah ihn immer allein in der Cafeteria ... Er schien sich zu langweilen ... So haben wir angefangen, miteinander zu reden ...

– Ja ... das war schon seit langem mein Ort, sagte Brossier. Ich kam hierher vor allem, wenn ich trübsinnig war ... Ich habe die Cité universitaire immer gern gehabt ... Es ist eine Welt für sich ... Ich trieb mich in den Hallen der Gebäude herum ... Im Fernsehraum ... Ihr werdet es verstehen ... Der Ort hier hat etwas ...

Als er so sprach, sah Louis ihn in einem anderen Licht. Wer hätte gedacht, daß dieser großmäulige Witzbold, von dem Odile nur wußte, daß er »Reifenhändler« sei, in seinen freien Stunden am Arm einer Äthiopierin unter den Baumkronen der Cité universitaire flanierte, einen gefälschten Studentenausweis in der Tasche?

– Weiß Bejardy von dem allen? fragte Louis.

– Nein, noch nicht, aber ich habe mir vorgenommen, es ihm zu sagen ... Sie müssen wissen, Roland wundert sich über nichts ... Eines Abends werden wir ihn hierher einladen ... Ich muß ihm doch Jacqueline vorstellen ...

Sie verließen die Cafeteria. Brossier führte sie durch die Cité universitaire, indem er ihnen die Namen der verschiedenen Gebäude aufzählte, so als handle es sich um die Provinzen seines Königreichs.

– Wir waren vorhin im »Pavillon der französischen Provinzen« ... Es ist der wichtigste von allen ... Ich persönlich habe eine Vorliebe für den »Englischen Pavillon«, hier, vor euch ... Er erinnert mich an ein Hotel in Aix-les-Bains ... Bevor ich Jacqueline kennenlernte, ging ich oft am Abend hierher Zeitung lesen ...

Brossier hatte Jacqueline an der Hand genommen und zeigte, je weiter sie ihren Besuch ausdehnten, um so größere Beredsamkeit. Er erzählte Odile und Louis, im Sommer bleibe man lange draußen auf dem großen Rasen und lausche bis spät in die Nacht den Stimmen und dem Gelächter. Im Juni finde das Fest der Cité statt: ein Tanzball in der Halle des »Pavillons der französischen Provinzen«.

– Ihr werdet sehen, wie glücklich man hier ist, wenn einmal der Frühling kommt ...

Er deutete auf ein sehr modernes Gebäude, dessen Fassade aus Glas und Metall bestand.

– Der kubanische Pavillon ... Die Kubaner sind großartig ... Mit ihnen kommt viel Fröhlichkeit und Leben in die Cité ... Sagt, habt ihr keine Lust, Studenten zu sein, ihr zwei?

– Studenten wie Sie? fragte Odile mit einem Lachen.

Studenten: so etwas war Louis noch nie in den Sinn gekommen. Sie und Studenten?

– Wenn ihr wollt, verschaffe ich euch Ausweise ...

– Ich hoffe, Sie halten Ihr Versprechen, sagte Odile. Ich wäre gern Studentin ...

Für sie und Louis hatten diese drei Silben einen geheimnisvollen Klang; die »Studenten« erschienen ihnen ebenso unverständlich, ebenso fern wie die Angehörigen eines Stammes im Amazonasland.

– Und es gibt hier nur Studenten? fragte Odile.

– Ja.

Eine Gruppe von Jungen und Mädchen schwärmte über den Rasen, und ein paar improvisierten eine

Volleyball-Partie ohne Netz. Ihre Zurufe erfolgten in einer Sprache, die Louis nicht kannte.
– Jugoslawen, stellte Brossier fest.
Er wollte ihnen am Boulevard das große Café *Babel* zeigen, das, so sein Ausdruck, ein »Annex« der Cité war. Ja, es tat gut, hier an den Juniabenden ein Glas zu trinken, das Rauschen der Blätter im Ohr. Dann spazierten sie durch den Parc Montsouris.
– Seht ihr das Gebäude dort, mitten im großen Rasen? fragte Brossier: Es ist die genaue Wiedergabe des Bei-Palastes in Tunis . . .
Sie setzten sich draußen auf die Terrasse des *Chalet du Lac*.
– Voilà! sagte Brossier . . . Jetzt kennt ihr ungefähr alles von unserem Königreich . . .
Und er offenbarte Odile und Louis, hätte er nur die Möglichkeit, so wäre das sein Ort für immer, und nichts mehr brächte ihn dazu, diesen magischen Zirkel zu verlassen. Jacqueline, seine Verlobte, kannte außerhalb der Cité universitaire und der naturwissenschaftlichen Fakultät nichts von Paris.
Und es war auch viel besser so.
– Nicht wahr, Jacqueline?
Sie schwieg, begnügte sich mit einem Lächeln, oder einem Schluck von ihrer Grenadine.
Sie aßen sehr früh zu Abend, im Speisesaal der Cité. Dessen Ausmaße und Holzverkleidung erinnerten Brossier an den Versammlungssaal eines englischen Herrenhauses. Beim nächsten Mal würden sie im anderen Speiseraum essen, der viel moderner sei, rundum verglast und mit Bäumen umstanden, so

daß man das Gefühl habe, im Grün-Grünen zu sein.
– Und jetzt, sagte Brossier, nehmen wir euch mit zu uns.
Sie gingen über eine Kieselallee bis zu dem Saum eines Dorfes. Kleine Häuser in der Form von Bungalows, Hütten und Cottages standen durcheinander an den Rasenflächen, zwischen massigen oder strauchartigen Bäumen.
– Das hier ist der erfreulichste Fleck der Cité, sagte Brossier ... das »Quartier Deutsch de la Meurthe« ...
Sie waren vor einem der Häuser angekommen, einem Gebäude im normannischen Stil, mit abgestumpften Dachkanten. An dessen Flanke führte eine Treppe mit grünem Holzgeländer hinauf. Brossier ließ ihnen den Vortritt.
– Ganz oben ...
Das Zimmer war geräumig und hatte sogar einen Balkon. Neben dem Bett war die Wand bedeckt mit Photographien Jacquelines. Außer einem gerillten Stuhl gab es kein Möbelstück.
– Setzt euch aufs Bett, sagte Brossier.
Jacqueline war ins angrenzende Kabinett gegangen, und als sie zurückkam, trug sie einen roten Bademantel.
– Entschuldigung, sagte sie. Ich fühle mich besser so ...
Und mit einer anmutigen Bewegung setzte sie sich zu ihnen auf das Bett.
Brossier reichte ihnen die Becher und schenkte einem

jeden ein bißchen Whisky ein. Jacqueline legte eine Platte auf: ein Lied aus Jamaika. Sie redeten nicht. Brossier goß ihnen wieder Whisky ein. Er hatte seinen Sweater ausgezogen, und Louis betrachtete das Muster auf seinem Hemd: von einem rosa Himmel hob sich das Segel einer Dschunke ab, und am Horizont, auf dem Gipfel eines steil ansteigenden Berges, stand eine chinesische Pagode.
– Später, sagte Brossier, soll Odile uns das *Chanson des rues* vorsingen.
– Wenn ihr wollt . . .
Louis überließ sich einer Müdigkeit, die sichtlich auch Odile, Jacqueline und Brossier übermannte. Odile hatte ihm den Arm um die Hüfte geschlungen und lag mit dem Kinn in seiner Schlüsselbeinhöhle. Sie hörte mit geschlossenen Augen der Musik zu. Brossier streichelte die Schulter Jacquelines, die sich ausgestreckt hatte; im Mantelausschnitt ein Schimmer ihrer Brüste.
Zehn Uhr: sie mußten gehen, wenn Odile nicht zu spät zur Arbeit kommen sollte. Schade, daß man sich nicht dem Wohlgefühl und der Sorglosigkeit hier überlassen konnte.
Mit einem Bedauern verließen sie das Zimmer. Man beschloß, das nächste Wochenende gemeinsam in der Cité zu verbringen. Warum kamen Odile und Louis nicht gleich morgen, am Sonntag?
Draußen blickten sie hinauf, wo Jacqueline und Brossier, an den Balkon gelehnt, ihnen zulächelten. Um sie herum war es still; ein Geruch nach Moos. Sie ließen sich leiten von den Lichtern der anderen

Gebäude. Welcher Weg führte eigentlich zum Boulevard Jourdan und zum Bahnhof? Inmitten dieses Dörfchens erschien Paris so weit weg ... In dem Halbdunkel war es Louis, als durchquerten sie eine Waldlichtung.

Sie schminkte sich in ihrer Nische ab, als Vietti dazukam, begleitet vom Direktor des Varietés. Die zwei erwarteten sie auf dem Sofa des großen Zimmers, um das im Kreis die Ankleidekabinen angeordnet waren.

– Also ... dein Engagement geht zuende, sagte Vietti.

– Wann?

– Heute abend.

Sie hatte die Kraft, die beiden anzulächeln.

– Ja, so ist es, sagte der Direktor. Ich sehe mich gezwungen, mich von Ihnen zu trennen ...

Odiles Lächeln verschwand.

– Ich habe Ihnen nichts vorzuwerfen ... Aber ich muß die Vorstellung kürzen ...

– Es ist nicht schlimm, sagte Vietti.

– Wirklich nicht ... Ich bin sicher, Sie werden sehr schnell ein neues Engagement finden ...

Sie schienen beide nicht so recht daran zu glauben.

– Jedenfalls, sagte der Direktor, sind Sie sehr gut gewesen ... Ich war mit Ihnen vollkommen zufrieden ... Ich bin nur gezwungen, das Konzept der Vorstellung zu ändern ... verstehen Sie?

Den Tränen nah, trat sie in die Kabine und schloß die Tür. Ohne Licht anzuschalten, legte sie die Stirn an

die Tür. Die beiden draußen redeten weiter. Sie hörte das schwache Lachen des Direktors. Sie blieb im Dunkeln.
– Was ist denn? fragte Vietti.
– Möchten Sie nicht ein Glas mit uns trinken? schlug der Direktor vor.
Sie antwortete nicht. Jemand drehte am Türknauf, um zu öffnen, aber sie hatte den Riegel vorgeschoben.
– Da ... Das schulde ich Ihnen noch ... der Rest Ihrer Gage ...
Sie hörte das Geräusch eines Umschlags, der durch den Türspalt geschoben wurde.

Bevor Vietti losfuhr, schaltete er das Radio an: Jazzmusik, die er dann leise stellte.
– Wolltest du denn die ganze Nacht in diesem Verschlag eingesperrt bleiben? ... Dummerchen ...
Er zuckte die Schultern.
– Ich muß noch im Büro vorbei ... Ich habe etwas vergessen ... Kommst du mit?
Sie antwortete nicht. Sie hatte die Hand in der Tasche und umklammerte den Umschlag. Sie wagte nicht, ihn vor Vietti zu öffnen. Nie mehr würde sie singen. Von dem Traum, den sie so lange verfolgt hatte, bliebe nichts als ein Umschlag mit dem »Rest Ihrer Gage«, wie der Direktor gesagt hatte.
– Man schmollt also? fragte er in einem leicht gereizten Ton und trat aufs Gas. Es war fast ein Uhr Nacht, und er raste immer schneller, zuerst den

Boulevard Suchet und dann den Boulevard Lannes entlang, die beide verlassen waren.
– Hast du dich noch immer nicht beruhigt?
Mochte er fahren, so schnell er wollte, es machte ihr gar nichts.
– Sie fahren bei Rot ...
– Blödsinn ...
Und er sauste in den Tunnel unter der Porte Maillot. Er war immer noch versessen auf seinen italienischen Sportwagen. Eines Abends hatte er ihr sogar anvertraut, es gäbe in Paris nur vier, die ein Auto dieser Marke besäßen, mit einer Karosserie von Allemano.
Der Geruch seines Toilettenwassers stieß sie noch stärker ab als sonst, aber auch das zählte jetzt nicht. Sie empfand, im Gegenteil, sogar ein gewisses Vergnügen daran, alle die sie anwidernden Einzelheiten an ihm zu beobachten: seine Bräune, die künstlich erschien, mochte er auch gerade vom Schifahren zurückkommen, seine überaus gepflegte Kleidung mit der Krawattennadel und dem Gilet, dem Gilet mit der Taschenuhr, auf die er immer wieder blickte, und schließlich die ölig-heisere Stimme.
– Man schmollt also weiterhin? Weißt du, ich kann die Schmollmädchen nicht leiden ...
Gewöhnlich war er zu ihr nicht so vertraulich. Von der Platte, die er mit ihr aufnehmen wollte, kein Wort mehr. Jetzt wußte sie, daß er an diese Platte nie geglaubt hatte. Er stellte das Radio lauter, wobei er im Takt den Kopf schüttelte.
– Ich brauche Geld, sagte sie unvermittelt.

– Geld? Soll das ein Witz sein?
– Ich benötige zweitausend Francs . . . Ich hoffe, Sie werden sie mir geben . . .
Sie war von ihrer Bestimmtheit selbst überrascht. Plötzlich war es, als fürchte sie niemanden mehr, als seien Scheu und Skrupel verschwunden, als sei sie bereit zu allem.
– Ich brauche diese zweitausend Francs wirklich . . . Und zwar sofort . . .
– Wir werden sehen . . . Zuerst mußt du einmal sehr nett zu mir sein . . .

Sie ging hinter Vietti her, und das Neonlicht blendete sie wie beim ersten Mal, als sie, mit Louis zusammen, in den Fauteuils gewartet hatte. Und die Luft war abgestanden wie damals.
Vietti schloß die ledergepolsterte Tür auf und setzte sich hinter seinen Schreibtisch. Sie suchte Zuflucht im Fensterviereck. Die Avenue unten war leer, das große Café gegenüber, wo Louis sie erwartet hatte, noch beleuchtet. Sie blickte auf das Leuchtzeichen: CAFÉ DES SPORTS. Sie wollte gehen und von dem Café aus Louis anrufen, um ihm zu sagen, sie käme gleich.
– Jetzt wirst du dir dein Geld verdienen müssen . . . Zweitausend Francs, das ist viel . . . Sie werden dich etwas kosten . . .
Er blätterte in einer Akte, ohne zu ihr aufzublicken. Dann zog er eine Platte aus einer Hülle.
– Das da ist ein Mädchen mit Talent . . . meine letzte Entdeckung . . . Möchtest du sie dir anhören?
Er legte die Platte auf.

– Stell dich vor mich hin ... Zieh dich aus ...
Er sagte das in einem salbungsvollen Ton, mit dem starren Lächeln eines, der für eine Photographie posiert.
– Sie ist talentiert, oder? Du möchtest sicher auch so singen können? Ich werde dafür sorgen, daß sie im nächsten Jahr bei der Eurovision mitsingt ...
Eine schalkhafte Kleinmädchenstimme, übertönt von den elektrischen Gitarren.
– Eines Tages kommt die auch noch dran, sagte Vietti träumerisch.
Sie kauerte auf dem Sofa. Er drückte ihr mit der Hand den Kopf herab, bis Odiles Gesicht sich auf der Höhe seiner Hüfte befand. Das schlimmste war es dann für sie, den Druck seiner manikürten Finger in ihrem Haar zu spüren.

Das Café des Sports ist dunkel. Sie biegt rechterhand in den Boulevard Gouvion-Saint-Cyr ein. In einer der Taschen ihres Regenmantels steckt das Bündel der Scheine, das Vietti ihr gegeben hat: zweitausend Francs. In einem spöttischen Tonfall hat er dazu noch bemerkt, für eine Hure sei sie sehr teuer, aber das mache ihm gar nichts aus, denn er, Christian Vietti, habe, soweit er sich zurückerinnern könne, immer Huren gehabt, die viel kosteten.
Sie überquert die Avenue des Ternes und blickt dabei hinunter, in die Richtung, wo Bellune sich getötet hat. Auf einmal empfindet sie seine Abwesenheit mit einer solchen Gewalt, daß um sie herum sich die Leere auftut. Was hätte Bellune von dem allen

lacht? Auch er hat nicht so recht an ihre Karriere geglaubt, und gegen Ende gewiß andere Sorgen gehabt. Aber sie erinnert sich an die nachmittäglichen Besuche in seinem Büro und an die Terrasse seiner Wohnung, wo man sich wie auf Deck eines Passagierdampfers fühlte. Bellune war es, der ihr das *Chanson des rues* beigebracht hatte, ein Lied, das aus seiner ersten Zeit in Frankreich stammte. Er war immer freundlich zu ihr gewesen. Sein über das Magnetophon geneigtes Gesicht, während sich lautlos das Band drehte. Und jener mit sanfter Stimme gesprochene Satz, vor dem Verlassen des Büros:

– Wie wär's, wenn wir ein bißchen weggingen, Odile?

Und Louis? Was dächte er, wenn er erführe, was gerade geschehen ist? Er wird es niemals wissen. Sie hat das Geld nötig. Die tausendfünfhundert Francs von Bejardy genügen nicht, und sie beide zusammen können nur zurechtkommen, wenn sie Geld haben.

Heute nacht hat sie eine Summe eingenommen, die höher ist als Louis' Monatsgehalt, und sie bedauert, von dem Dreckskerl mit den manikürten Nägeln nicht mehr verlangt zu haben. Wieder hört sie das Lachen des Varietédirektors, nachdem er ihr angekündigt hat, das sei gerade ihr letzter Auftritt gewesen. Auch von ihm hätte sie Geld fordern sollen.

Der Traum ist aus. Sie wird nicht mehr singen. Es ist ihr nicht gelungen, Gehör zu finden, ihre Stimme hat sich nicht über den Dunst und das Getöse erhoben wie die Stimme jener Sängerin, deren Geschichte sie gelesen hat. Es fehlt ihr an Mut.

Sie kommt in die Rue Delaizement, an deren Ende sich die Garage befindet. Sie hat Paris verlassen, bewegt sich auf dem freien Land.

Sie tritt, ohne zu läuten, durch eine Seitentür ein. Das Licht ist an in der ersten Etage, und Louis schläft auf dem Diwan. Auf dem Boden liegt das große Album, in das er die Photos seines Vaters einklebt, zusammen mit einer Sammelmappe der Sportzeitung, beide aufgeschlagen. Oben auf die Albumseite hat er einen Artikel eingeklebt, den sie mechanisch liest:

»... Im Verfolgungsrennen überholte Memling schließlich nach 3625 m den zu brav gestarteten Gérardin ...«

Sie schaltet das Licht aus und schmiegt sich an Louis.

Später, wenn sie beide von der Vergangenheit redeten – sie redeten freilich nur sehr selten davon, am ehesten nach der Geburt der Kinder –, wunderten sie sich, daß die bestimmende Periode ihres Lebens kaum sieben Monate gedauert hatte. Ja, so war es: Louis hatte im Dezember die Armee verlassen, und Anfang Januar waren Odile und er einander begegnet ...

Im Februar verschaffte Brossier ihnen eine neue Wohnung. Als er eines Tages Louis an der Porte Champerret abholen kam, wunderte er sich über die Winzigkeit des Zimmers und die von dem gewaltigen Heizkörper verbreitete Stickhitze.

– Hier könnt ihr nicht bleiben ... Warum haben Sie mir nie davon erzählt?

Zufällig kannte er eine freie Zwei-Zimmer-Wohnung; er hatte sie selber mieten wollen, dann aber davon Abstand genommen: seiner Meinung nach lag sie zu weit ab von der Cité universitaire. Sie befand sich am Anfang der Rue Caulaincourt, jenseits der Eisenbrücke, die über den Friedhof von Montmartre führt. Und die Miete war durchaus bescheiden. Er würde mit Bejardy darüber reden. Nein, Bejardy brächte es nicht über sich, Odile und Louis in solch einer winzigen, überheizten Mansarde zu lassen.

Im folgenden Monat zogen sie in der Rue Caulaincourt ein, und das Appartement erschien ihnen riesig. Der Hauptraum war ein Atelier. In einem Winkel, einzige Spuren des Künstlers, der da gelebt hatte, standen ein Ventilator mit gewaltigen Flügeln und eine halbkreisförmige Bar, deren schwarzer, abbröckelnder Lack mit quasi chinesischen Zeichnungen geschmückt war, ähnlich wie das Hemd, das Brossier für die Cité universitaire bevorzugte. Durch die Glasfront blickte man auf den Südwesten von Paris.

Bejardy überließ ihnen ein Bett und einen mit granatrotem Stoff bezogenen Fauteuil, Brossier zwei gerillte Stühle und eine Stehlampe. Es gab sogar ein Telefon und eine gut ausgestattete Küche. Als der Concierge sie nach ihrem Namen fragte, um sie in die Mieterliste einzutragen, sagten sie: Monsieur und Madame Memling, in der Vorstellung, er werde Jungverheirateten mehr Vertrauen schenken.

Eines Abends weihte man die Wohnung ein (wie das Brossier in seiner pompösen Art ausdrückte). Er erklärte, Jacqueline Boivin, seine Verlobte, könne leider nicht kommen: von der Cité universitaire aus gesehen, lag die Rue Caulaincourt am Ende der Welt. Man mußte dazu die Seine überqueren, und dieser Fluß markierte die Grenze zwischen zwei Städten, die nichts miteinander gemein hatten.

Bejardy jedoch war dazugekommen. Louis bemerkte an seinem Jackenrevers ein grün-gelbes Band.

– Man hat Sie mit einem Orden ausgezeichnet? fragte er ihn.

– Die Militärmedaille, sagte Bejardy. Ich habe sie in Deutschland bekommen, mit dreiundzwanzig, unter dem Marschall de Lattre. Es ist das einzig Rechte, das ich im Leben getan habe.

Er sagte das mit gesenkten Augen. Es war zu spüren, daß er von etwas anderem reden wollte.
Man trank den Aperitif im Atelier. Dann ging man essen, ganz in der Nähe, zu *Chez Justin*, Rue Joseph-de-Maistre.

Er arbeitete nicht mehr nachts. Bejardy vertraute ihm »kleine Geschäfte« an, die am Tag zu erledigen waren. Manchmal blieb er dann auch nur in der Garage, um die Besucher zu empfangen und das Telefon abzuheben. Die »kleinen Geschäfte« bestanden darin, daß er verschiedene Adressen in Paris und Umgebung mit Briefen belieferte oder dort welche abholte. Bejardy hatte ihm nämlich erklärt, er traue der Post nicht. Oft diente er ihm auch als Chauffeur, indem er ihn in einem alten, lederduftenden englischen Wagen zu seinen Treffen kutschierte. Sein Gehalt war verdoppelt worden, ohne daß Bejardy ihm solche Erhöhung im geringsten begründet hätte.
Er verspürte eine gewisse Unruhe. Wie sollte er seine »Arbeit« nennen? Zu welcher »Firma« gehörte er eigentlich? Und zu welcher gehörte Bejardy? Und warum hatte dieser ihm so rasch einen Vertrauensposten gegeben?
Diese Fragen stellte er sich freilich kaum vor Odile. Die Jahre der Einsamkeit in der Schule und bei der Armee hatten ihn dazu gebracht, sich niemandem anzuvertrauen und seine Sorgen zu verheimlichen. Er bemühte sich im Gegenteil, vor ihr unbeschwert zu erscheinen, und überzeugte sie von der Ehrbarkeit seiner Arbeit. Die Beschützermanier Bejardys erklärte

sich daraus, daß dieser damals seinen Vater gekannt hatte – und das war ja nicht völlig gelogen: Bejardy hatte ihm erzählt, in seiner Jugend habe ihn der Radsport begeistert, und er sei entzückt und gerührt, Memlings Sohn eine Anstellung verschafft zu haben.

Nein, vor Odile durfte er nicht die geringste Beunruhigung zeigen. Anderenfalls würde er das zarte Gleichgewicht ihres gemeinsamen Lebens gefährden. Schließlich wohnten sie nicht mehr in einem Dachboden, sondern in einem Appartement der Rue Caulaincourt, und auf der Mieterliste des Gebäudes, geklebt an den Glasverschlag des Concierge, stand zu lesen: »Monsieur und Madame Memling«. Für einen Zwanzigjährigen war das gar nicht so schlecht.

Doch er erlaubte sich, ein paar Fragen an Brossier zu stellen. Sie saßen auf einer Bank des *Rêve,* eines Cafés in der Rue Caulaincourt, von dem Louis angezogen war wegen seines Namens: *Traum.* Es erheiterte Odile und ihn, zu sagen: »Rendezvous um fünf im *Rêve* . . .«

– Wenn ich es recht verstehe, trauen Sie Roland nicht?

– Keineswegs . . .

– Roland ist in Ordnung, mein Lieber . . . Nicht jedermann schafft mit dreiundzwanzig die Militärmedaille . . .

– Ich weiß.

– Ihre Arbeit tut Ihnen doch nicht weh. Es ist Laufburschenarbeit . . . Was ist daran so seltsam?

Er schlug ihm leicht auf die Schulter.
– Ich spaße nur ... Sie sind so etwas wie Rolands Sekretär ... Ich übrigens auch ... Halten Sie das für eine Schande?
– Nein ... Aber was tut ... Roland eigentlich?
– Roland ist ein Geschäftsmann, unter anderem Teilhaber von Autofirmen, antwortete Brossier langsam, wie einstudiert.
– Und wie haben Sie ihn kennengelernt?
– Eines Tages, wenn wir mehr Zeit haben, werde ich es Ihnen erklären ...
Sie waren aufgestanden und die Straße hinunter gegangen. Kinder stürmten aus einer Schule und rempelten sie. Einer von ihnen stand auf Rollschuhen, und die andern verfolgten ihn.
– Ich verstehe Ihre Unruhe ..., sagte Brossier mit seiner rauhen, atemlosen Stimme, die er immer annahm, wenn er von Dingen sprach, die ihm am Herzen lagen.
Das war nun nicht mehr der Brossier des übertriebenen Brusttons. Wie seltsam, dachte Louis, daß man zwei derartig verschiedene Stimmen haben kann ...
Was sagte er? In Louis' Alter gehe man oft unbestimmten Beschäftigungen nach, ernähre sich notgedrungen von unklaren Quellen. Nachher würde alles klarer, aber mit zwanzig hätte noch nichts seinen Umriß, seinen Plan. Es ist der Eintritt ins Leben, mein Lieber. Er selbst ... Eines Tages würde er ihm alles erzählen.

Wenn Louis nicht da war, versuchte Odile sich die Zeit zu vertreiben. Während ihrer Zeit im Restaurant-Varieté von Auteuil hatte sie Freundschaft mit einer gewissen Mary geschlossen, die immer noch dort arbeitete. Mary sang und tanzte ein paar Minuten lang inmitten von Balalaika-Spielern, kostümiert als »ukrainische Prinzessin«, die aber eher aus den Tiroler Alpen zu kommen schien. Dieser Folklore-Auftritt war freilich nur ein Provisorium, um ein bißchen Geld zu verdienen. Sie träumte von einer kleinen Modeboutique, sprach darüber mit Odile, und beide hatten vor, sich zusammenzutun.

In der Zwischenzeit könnte Mary zuhause arbeiten und sich einen Kundenstock schaffen . . . Odile überlegte, wie die zur Gründung einer solchen Boutique nötige Geldsumme zusammenzubringen wäre. Über den Namen des Geschäfts hatten sie sich schon geeinigt: *Chez Mary Bakradzé,* wobei sie meinten, Marys seltsamer Name könnte von Vorteil sein. Unter dem *Chez Mary Bakradzé* läse man in Großbuchstaben: »Mode – Fashion«, so wie Odile es bewundert hatte an dem Giebelfeld eines Ladens im Saint-Honoré-Viertel.

Mary entwarf Modelle und konnte Stoffe zuschneiden. Als ganz junges Mädchen hatte sie bei einer Schneiderin gearbeitet, einer Freundin ihrer Familie. Odile fragte sie ab und zu nach ihren Eltern, bekam aber nie eine genaue Antwort: einmal hatten sich Vater und Mutter getrennt und lebten im Ausland, ein andermal bewohnten sie ein Haus im Süden und würden sie demnächst besuchen, dann wieder waren sie gestorben. Der einzige Anhaltspunkt in diesem Nebel, das einzige Mitglied der Familie, dessen Spur klar erkennbar war, das war – mochte er auch schon zwanzig Jahre tot sein – ihr Großvater, ein gewisser Paul Bakradzé, der Paris zu seiner Exilstadt gewählt hatte. In seinen Büchern schilderte er mit zarten Strichen das Garnisonsleben im südlichen Rußland. Einer seiner Romane war sogar ins Französische übersetzt worden, und Mary hütete ehrfürchtig ein vergilbtes Exemplar.

Sie war blond, klein, mit einer sehr zarten, fast rosa Haut und hellblauen Augen.

Am Sonntag gingen Odile und Louis zu ihr. Mary wohnte in jener zusammengewürfelten Häusergegend zwischen der Avenue de la Grande-Armée und der Avenue Foch, wo die massiven Wohnburgen des sechzehnten Arrondissements anfangen, die Straßen aber noch aufgelockert sind durch Fahrrad- und Kugellagergeschäfte, Garagen, ehemalige Tanzsäle und das Gespenst des Luna Parks.

Sie machten alle drei einen Spaziergang im Bois de Boulogne, von der Porte Dauphine bis zu den Seen. Dort nahmen sie ein Boot und ruderten eine Stunde lang. Oder sie legten am Landesteg des *Chalet des îles* an und spielten eine Partie Minigolf. Gegen Abend kehrten sie in Marys Wohnung zurück. Diese bestand aus drei Räumen, von denen die beiden ersten als Vorzimmer und als Salon dienten. Der dritte, in den man durch einen langen Flur kam, war Marys Schlafzimmer.

Bei ihrem Eintritt befand sich etwa ein Dutzend Leute

in dem Salon, Personen vorgerückten Alters, einige sehr alt. Die einen spielten Bridge, die andern tranken Tee und plauderten. Im Vorbeigehen umarmte Mary eine ungefähr sechzigjährige Frau, groß, mit aufgequollenem Gesicht und Schlitzaugen, die das Gehabe einer Hausherrin zeigte: nach Marys Worten deren Tante.

Diese Versammlung unterhielt sich und spielte Karten im Dunkeln. Jedesmal schaltete Mary die Lampen und den Lüster an, so als sei ihr diese Rolle zugeteilt und die anderen hielten es für zu schwierig oder ihres Ranges nicht würdig, einen Schalter zu drücken. Vielleicht kam ihnen dergleichen auch gar nicht in den Sinn.

In Marys Zimmer hörten sie Platten und redeten. An diesem Mädchen hatten Odile und Louis ihrer beider natürliche Unbekümmertheit und Trägheit wiedergefunden. Sie waren im selben Jahr geboren. Sie verstanden sich und blieben oft die Nacht zusammen.

Mary brachte ihnen etwas zu essen, einen Kuchen oder einen Teller Suppe. Durch die halboffene Tür hörten sie das Gemurmel im Salon. Die Gespräche verstummten nach und nach, die Leute verließen die Wohnung. Im Flur telefonierte ein Mann. Zwischendurch schwieg er lange, so daß man jedesmal glaubte, er habe aufgelegt. Doch dann sagte er etwas und schwieg von neuem. Und diese telefonische Verschwörung in einer fremden Sprache dauerte Stunden, oft bis zum Morgen.

Am Sonntag kam zu Mary einer ihrer Freunde, ein junger Spanier in ihrem Alter, ein gewisser Jordan, der für seine Transvestitennummer ein Engagement in einem Varieté suchte. Auf Marys Rat hin hatte er sich bei dem Direktor des Nachtclubs in Auteuil vorgestellt, der ihn zur Probe engagierte.

In ein paar Tagen sollte er dort anfangen, suchte für seinen Auftritt aber noch ein Kleid ähnlich jenem, das die Heldin von *Die Frau und der Hampelmann* in einer von ihm an den Quais entdeckten illustrierten Ausgabe des Buches trug. Mary und Odile beschlossen, ihm dieses Kleid zu machen, und mehrere Tage vergingen mit Zuschneiden und Nähen in Marys Schlafzimmer, während Louis einen Kriminalroman las. Bei jeder Anprobe fragte Jordan Louis nach seiner Meinung. Das Kleid stand ihm gut, und die Weichheit seiner Gestalt unter der Mantille konnte tatsächlich täuschen.

Am Abend seines ersten Auftritts gingen Louis und Odile in den Nachtclub. Jordan folgte direkt auf Mary. Die Balalaikas verstummten, und im Finstern kündigte eine sonore Stimme an:

– La Cigarrera!

Man hörte die ersten Takte des *Boleros* von Hummel, den Jordan tanzen sollte; er selbst hatte das Band mitgebracht. Als das Licht anging, stand Jordan mitten auf der Bühne, aschfahl und in seinem Kleid erstarrt.

Die Kastagnetten, die er hielt, fielen ihm steingleich aus den Händen. Er blieb ein paar Augenblicke unbeweglich und brach dann zusammen. Er war

ohnmächtig geworden vor Lampenfieber – oder vor Hunger; denn er hatte seit zwei Wochen nichts gegessen, aus Angst, seine »Linie« zu verlieren und in seinem Kleid nicht auftreten zu können.
Er mußte noch am selben Abend gehen, und an Odile, Louis und Mary war es, ihn zu trösten.

Am ersten Frühlingstag lud Bejardy Odile und Louis zum Mittagessen ein, und um etwas von der Sonne zu haben, beschlossen die zwei, zu Fuß bis zum Quai Louis-Blériot zu gehen.

Brossier öffnete ihnen die Tür und führte sie in den Salon, wo ein Tisch für fünf gedeckt war. Bejardy befand sich in Gesellschaft einer braunhaarigen jungen Frau – die Frau auf dem Photo, das Louis am ersten Tag auf dem Kaminsims bemerkt hatte.

– Nicole Haas ... Eine Freundin ... Monsieur und Madame Memling ... Ich habe Ihnen ja von Madame Memling erzählt, Coco: sie singt so wunderbar *La Chanson des rues* ...

Jedesmal stellte er die beiden so vor, in einem zeremoniösen Ton, denn er hatte sich amüsiert über die Mieterliste ihres Hauses, wo stand: »Monsieur und Madame Memling«.

– Ihr habt recht, hatte er zu Louis gesagt: Das sieht seriöser aus. Jetzt müßt ihr auch wirklich heiraten. Wenn ihr wollt, bin ich euer Trauzeuge.

Nicole Haas hatte anmutige, aber strenge Züge. Sie war groß, fast so groß wie Bejardy, und Louis fiel das Jungenhafte an ihr auf, besonders, wenn sie rauchte oder die Beine ausstreckte, die Fersen auf den Hocker gelegt.

– Es ist angerichtet, sagte Brossier feierlich.

– Louis, Sie setzen sich rechts neben Coco, Madame Memling rechts neben mich ...

Während des Essens wurde nicht viel geredet. Nicole Haas, die am Kopfende saß, wirkte schlecht gelaunt. Bejardy blickte sie verliebt an. Sie war jünger als er, kaum dreißig.

– Gehst du heute nachmittag reiten, Coco? fragte Bejardy.

– Nein, ich muß zu »Equistable«. Ich brauche einen Sattel.

Sie verzog das Gesicht und goß sich nachlässig ein großes Glas mit Wasser voll.

– Ich glaube, »Equistable« ist dafür genau der richtige Laden, sagte Brossier.

Sie zuckte die Achseln.

– Ja ... Sonst bin ich immer zu »Ramaget« gegangen ...

Sie schien sich über Bejardy und Brossier zu ärgern. Odile und Louis dagegen bedachte sie mit neugierigen und freundlichen Blicken.

– Sie reiten nicht?

– Nein, sagte Odile.

– Warum hast du die beiden nie nach Vertbois eingeladen? fragte sie Bejardy.

– In diesem Sommer laden wir sie ein, Nicole ...

Sie wendete sich Odile und Louis zu und lächelte sie an.

– Wenn er euch nach Vertbois bringt, reiten wir zusammen.

– Vertbois ist ein ... Familienbesitz, in der Sologne ..., sagte Bejardy. Ihr müßt einmal dahin ...

– Vertbois ist die Wiege der Grafen Bejardy, erklärte Nicole Haas ironisch. »Adel« des Zweiten Kaiserreichs ... Roland hat das »von« hinzugefügt ... Diesmal verlor Bejardy seine Ruhe, und der besorgte Blick auf Nicole Haas wurde hart.

– Du redest Dummheiten, Coco ... Mein lieber Louis, Sie sehen vor sich ein charakteristisches Exemplar des Snobismus ... Nicole ist besessen vom Adel.

Nicole Haas brach in Gelächter aus und zündete sich eine Zigarette an.

– Still, Dummkopf ...

In diesen Worten schwang eine zärtliche Verachtung für Bejardy.

Das Tablett mit dem Kaffee stand auf dem Schreibtisch, am anderen Ende des Zimmers. Auf dem Weg dorthin öffnete Nicole Haas ein Fenster, und der Wind bauschte die Gazevorhänge. Bejardy servierte ihnen den Kaffee persönlich.

Nicole Haas, Odile und Louis saßen auf dem Samtsofa. Bejardy und Brossier lehnten am Schreibtisch und schwiegen, vielleicht um nicht mit irgendeinem Wort wieder Nicoles schlechte Laune zu wecken. Sie wurden von ihr freilich gar nicht beachtet.

Sie entnahm ihrer Tasche ein ledernes Zigarettenetui und hielt es erst Odile, dann Louis hin. Sie gab ihnen selber Feuer, mit einem Feuerzeug, aus dem eine sehr hohe Flamme sprang: Louis war überrascht, eins jener Zippo-Feuerzeuge vor Augen zu haben, auf die in seiner Internatszeit alle scharf gewesen waren.

– Coco, möchtest du, daß ich dich zu »Equistable« begleite? fragte Bejardy.

Doch sie wendete sich Louis zu:

– Sie haben einen schönen Namen, Herr von Memling.
– Er heißt schlicht Memling, sagte Bejardy.
Sie hörte ihm nicht zu. Sie rauchte und betrachtete dabei die sonnedurchfluteten Gazevorhänge, die sich im Wind wellten wie ein Schal.

Nicole Haas stand jäh auf, wobei sie die Zigarette auf dem Schreibtischaschenbecher ausdrückte.
– Ich muß gehen . . .
– Brauchst du den Wagen? fragte Bejardy.
– Nein.
Sie schüttelte Odile und Louis die Hand.
– Ich hoffe euch wiederzusehen.
Und ohne Bejardy zu beachten, ging sie zur Tür.
– Bis heute abend, Coco . . ., sagte Bejardy. Und bleib schön brav . . .
Sie drehte sich nicht einmal um, schloß hinter sich die Tür. Brossier gab ein nervöses Lachen von sich. Bejardy setzte sich auf das Sofa, neben Odile und Louis, und seufzte.
– Sie ist keine üble Person, wenn es auch nicht diesen Anschein hat. Louis . . . ich habe mit Ihnen zu reden . . . Gehen wir kurz nebenan . . .
– Madame Memling, möchten Sie nicht mit mir eine Partie Schach spielen, während die beiden sich unterhalten? schlug Brossier vor.
– Warum nicht? sagte Odile und blickte Louis nach, den Bejardy hinausführte, mit der Hand auf der Schulter, wie in freundlicher Fürsorge.
Sie betraten das Zimmer, wo Odile und Louis eine

Nacht verbracht hatten. Das helle Bauwerk der Citroënfabrik am anderen Seineufer erinnerte an ein Flughafengebäude.

– Schöner Blick, nicht wahr? sagte Bejardy. Am Anfang hatte ich eine Garage in dem Viertel dort drüben ... in der Rue Balard ... Das war zu der Zeit, als ich zu den Rennen Ihres Vaters ging. Zum ersten Mal sah ich ihn 1938, im Vel' d'Hiv' ... sechzehn war ich damals ...

– Haben Sie ihn gekannt? fragte Louis.

– Nein ... Ich kannte Aerts und Charles Pellissier, aber ich verkehrte eher mit den Autoleuten ...

War es diese Anspielung auf seinen Vater und die Wörter, die Bejardy verwendet hatte, dieses »Autoleute«, was ihm wiederum »Industrieritter« und »Gentlemanfahrer« in den Sinn kommen ließ? Doch Louis sah sich plötzlich in einer großen, zugigen und stillgelegten Garage. Die Sonnenstrahlen drangen zwischen Ästen durch ein Glasdach und bildeten auf dem Boden Schatten wie von Blättern auf einer Teichoberfläche.

Seine Kindheit.

Bejardy hatte sich auf dem Bett ausgestreckt, die Füße auf der gepolsterten Stütze, um die Satindecke nicht zu beschmutzen. Louis blieb am Fenster stehen.

– Folgendes: ich bin gezwungen, Ihre Dienste in Anspruch zu nehmen ... Sie müssen kurz nach England hinüber ...

Brossier und Odile saßen im Salon vor dem niedrigen Tisch und waren in ihre Schachpartie vertieft. Odile

hatte an diesem Spiel, unter Marys Einfluß, die ihr und Louis die Züge erklärte, Gefallen gefunden. Bejardy und Louis schauten schweigend zu. Nach zehn Minuten sagte Odile: »Schach und Matt.« Auch Brossier war kein besonders erfahrener Spieler.
– Furchterregend, diese kleine Madame Memling, sagte Brossier mit einem Lächeln.

Draußen gingen sie dann westwärts, zur Porte d'Auteuil. Die Straßen waren leer. Von Zeit zu Zeit fuhr ein Autobus vorbei und verschwand brummend in der Sonne.
Sie fühlten sich leicht, so als seien sie nach einer langen Periode unter Wasser, an die Luft zurückgekehrt: vielleicht, so dachte Louis, weil der Winter zuende war. Er sah sich wieder, wie er im Dezember mit seinen wasserdurchlässigen Schuhen die Kaserne verlassen hatte. Das weiche, nasse Geräusch bei jedem Schritt hatte ihm das Gefühl gegeben, für immer da haftenzubleiben. Jetzt wäre er auf dem trockenen Gehsteig mit Freuden barfuß gelaufen.
– Woran denkst du? fragte Odile, indem sie ihn am Arm nahm.
– Wir fahren nach England ... Ich erklär's dir noch ...
– Nach England?
Sie wunderte sich gar nicht. An diesem Nachmittag schien ihr alles möglich.
Sie kamen endlich zum Bois de Boulogne. Die Leute bewegten sich scharenweise, lärmend zum Eingang der Pferderennbahn.

– Machen wir eine Bootsfahrt, sagte Louis.
Auf dem Weg zu den Seen überlegten sie es sich anders. Der sanft im Laub wühlende Wind, der die Schreie und das Lachen der Kinder dahintrug, die Sonne, die Aussicht dieser Fahrt nach England: all das verlockte zur Trägheit. Sie setzten sich an einen Tisch im Garten der Meierei von Auteuil und bestellten zwei Gläser Milchgrenadine.
Sie redeten nicht. Odile hatte den Kopf auf Louis' Schulter gelegt und trank die Grenadine mit einem Strohhalm. Unten auf dem Reiterweg zog, auf einem grauen Apfelschimmel, langsam eine braunhaarige Frau im Reitdreß vorbei, in der sie Nicole Haas zu erkennen glaubten.

Sie feierten das russische Osterfest zusammen mit Mary. Tags darauf verabredete sich Brossier mit ihnen im Büro des »französisch-englischen Jugendaustausches«, gegenüber der Komischen Oper. Sie sollten sich da einschreiben in die Liste derer, die ihre Ferien in Bournemouth, einem Badeort in Hampshire, verbrächten.

In einem engen, mit Akten gefüllten Raum, wurden sie empfangen von einem Mr. »A. Stewart«, dessen Namen sie auf einem Messingschild an der Tür gelesen hatten: ein Achtzigjähriger mit runzligen Lidern und altersfleckiger Haut. Alle Papiere waren bereit. Louis und Odile brauchten nur noch ihre Geburtsdaten einzusetzen.

– Sie sind als Studenten angeführt, sagte Stewart, mit der Stimme eines Insekts. Es ist besser so.

– Sie haben recht, sagte Brossier.

– Sie sind selbstverständlich nicht verpflichtet, bis zum Ende dort zu bleiben, sagte Stewart.

– Ich weiß, sagte Louis.

– Wie geht es Roland? fragte Stewart.

– Es geht.

Er begleitete sie zur Tür.

– Ich habe Roland de Bejardys Vater sehr gut gekannt, erklärte Stewart, auf einmal sehr feierlich, indem er sich Odile und Louis zuwandte. Ich habe ihn geduzt.

Brossier hatte zu tun und bat Louis, ihm Bejardys Wagen zu überlassen, mit dem sie alle drei in die Rue Favart, zum Büro des »Jugendaustausches«, gefahren waren. Odile und Louis ließen sich treiben und setzten sich auf die Terrasse eines Cafés in der Rue Réaumur. Auf dem Tisch, nah am Fenster, lag das Börsenjournal.

Um sich zu fassen, durchblätterte Louis das Journal. Er hielt inne bei der Rubrik der »nicht notierten« Werte. Der Augenblick war gekommen, Odile den Grund dieser Reise nach England zu erklären, aber er wußte nicht, wie er das schwierige Thema angehen sollte.

– Interessiert dich das?

Sie nahm ihm mit einem Lächeln das Börsenjournal weg und legte es neben sich auf die Bank. Louis blickte sie unbestimmt an.

– Woran denkst du?

– An nichts . . . An die Börse . . . Schau doch . . .

Er zeigte ihr das Börsengebäude auf der anderen Straßenseite, mit seiner Kolonnade und den Treppen, auf denen sich geschäftige Leute bewegten. Es regnete. Mehr und mehr Gäste füllten das Café, drängten sich an der Theke. Die meisten trugen schwarze Aktentaschen. Am Nebentisch blickte ein noch junger Mann – roter Teint und spärliche, nach hinten gestrichene Haare – von Zeit zu Zeit von seiner Akte auf und beäugte frech Odile.

– Also . . . diese Reise nach England . . . ich muß dort für Bejardy etwas erledigen . . .

Und er teilte ihr, nachdem er Luft geholt hatte, mit

überhasteter Stimme Einzelheiten, alle Einzelheiten, mit, so als fürchte er, sie könnte ihn unterbrechen. Daß er von Bejardy beauftragt sei, eine Summe von annähernd fünfhunderttausend Francs in bar nach England zu bringen; daß er daran prozentual beteiligt sei; und daß der ganze Trick darin bestünde, sich einer Gruppe des »französisch-englischen Jugendaustausches« anzuschließen und so gefahrlos durch den Zoll zu kommen. Stewart, der Leiter des »Jugendaustausches«, war offensichtlich in alles eingeweiht.
Sie hörte mit weit offenen Augen zu. Als er geendet hatte, schwiegen sie beide momentlang.
– Ich bin sicher, die haben das von Anfang an so geplant, sagte sie.
– Doch, ja . . . sicher . . .
Louis zuckte mit den Achseln. Man würde ja sehen. Er ahnte, sie dachte das gleiche wie er.
– Ach . . . es ist, wie es ist . . . nichts Schlimmes . . .
Sie erlebten nun einen jener Augenblicke, wo man das Bedürfnis verspürt, sich an etwas Stabilem festzuhalten und jemanden um Rat zu fragen. Aber es gibt da niemanden, nur diese grauen Gestalten mit den schwarzen Aktentaschen, die im Regen die Rue Réaumur überqueren, an der Theke etwas trinken und wieder gehen. Ihr Hin und Her betäubt Odile und Louis. Der Boden schwankt.

Beim Durchqueren der Wandelhalle in der Gare Saint-Lazare wollte Brossier bei der kleinen Gaststätte halten, die den Durchgang zwischen dem Bahnhof und dem Hotel Terminus einnimmt.

– Nein . . ., sagte Louis. Besser dort drüben . . . bei den Bahnsteigen.
Odile blickte ihn an und lächelte.
– Hier erwarten uns schlechte Erinnerungen, sagte er.
So gingen sie zu der Gaststätte hinten und setzten sich an einen Tisch. Das Treffen war vereinbart am Eingang des Korridors, der zu den Fernzügen führte. Eine Gruppe junger Leute wartete in einiger Entfernung. Louis blickte auf die Uhr: es war kurz vor der vereinbarten Zeit.
– Das ist die Gruppe vom »Jugend-Austausch«, nicht wahr? fragte er Brossier.
– So ist es.
Brossier lachte ein ersticktes Lachen und drehte sich damit weg zu Odile.
– Sie finden das wohl komisch? fragte Louis.
Aber dann lachte auch er.
– Ich hoffe, ihr seid fleißig und lernt ordentlich Englisch mit den andern, sagte Brossier.
Louis hatte auf einen Stuhl neben sich einen großen blauen Stoffsack gestellt, der eine Vielzahl von Taschen enthielt. Darin lag, verdeckt von Hemden und Pullovern, ein Teil der Banknotenbündel. Der Rest des Geldes war versteckt unten am Boden von Odiles Pappkoffer.
– Es ist Zeit, daß ihr euch den andern anschließt, sagte Brossier.
Er half Louis beim Schultern des blauen Camper- oder Bergsteigersacks. Odile trug ihren kleinen Pappkoffer selber.
Sie standen mit Brossier am Rand der Gruppe.

– Ihr ruft doch an, wenn ihr angekommen seid? fragte Brossier.
– Glauben Sie wirklich, daß das Ganze unproblematisch ist? fragte Louis.
– Völlig unproblematisch. Ich gehe jetzt ... Ein Kuß zum Abschied?
Diese Frage Brossiers, der Odile nun küßte, erstaunte Louis. Dann entfernte sich Brossier. An der Schwelle zu der Treppe, die zur Cour de Rome hinabführt, wendete er sich um, winkte mit dem Arm und verschwand.

– Gehört ihr zu uns? wurde Odile von einem jungen Mann mit sehr dicken Lippen und Bürstenhaar gefragt.
– Ja.
– Gut ... Hierher, bitte ...
Sie schüttelten die Hand von einem Dutzend Jungen und Mädchen, die sich mit Vornamen vorstellten. Offensichtlich war der mit dem Bürstenhaar der Gruppenführer.
– Das da klebt auf euer Gepäck und auf euer Revers ...
Er zeigte Odile und Louis kleine dreieckige Abzeichen mit JUGEND-AUSTAUSCH und befestigte sie eigenhändig an ihren Mänteln, dem blauen Sack und dem Koffer.
– Wenn sie sich ablösen, gebe ich euch andre ...
Die Mehrzahl ihrer Reisegefährten kannten einander schon. Sie erwähnten einen früheren Aufenthalt in Bournemouth und sprachen von einem gewissen

Axter, dessen Namen Louis aus dem Mund Bejardys gehört hatte.

– Wer ist dieser Axter? fragte Louis den Burschen, den er als den Gruppenführer ansah.

– Mr. Axter ist der Direktor des Instituts, wo unsre Kurse stattfinden werden.

– Kurse?

– Ja. Jeden Morgen.

– Ist es das erste Mal, daß ihr mit dem »Jugend-Austausch« nach England geht? fragte eine Braunhaarige mit blauen Augen.

– Ja, sagte Louis.

– Ihr werdet sehen, es ist großartig.

– Ich glaube, es wird Zeit, sagte der mit dem Bürstenschnitt und den dicken Lippen.

Der Zug nach Le Havre stand schon bereit. Der mit dem Bürstenhaar reichte dem Kontrolleur ein Sammelbillett.

– Wie viele seid ihr?

– Zwölf.

Der Kontrolleur zählte sie zerstreut, während sie durch die Sperre hinaus auf den Bahnsteig gingen.

– Kann ich noch Zeitungen kaufen? fragte Odile.

– Aber rasch, sagte der Junge mit dem Bürstenhaar. Und bringen Sie mir, wenn möglich, *Science et Vie* mit . . .

– Ich begleite dich, sagte Louis.

Sie beeilten sich. An der Sperre zeigten sie dem Kontrolleur ihre Abzeichen »Jugend-Austausch«.

Am Kiosk kaufte Louis *Elle, Candide, Match, Paris-Presse*, und *Science et Vie*. Odile saß wartend auf ihrem Koffer und beäugte träumerisch das Kommen und Gehen der Leute, die immer mehr wurden; denn es war kurz vor der Stoßzeit. Auf einmal schlug ihr Herz heftig, und sie konnte kaum atmen: sie hatte den dicken Blonden erkannt, den Polizisten, der sie als Lockvogel benutzt hatte. Er ging nah an ihr vorbei und wandte sich gemächlich dem Eingang der Gaststätte zu.

Für die Gruppe vom »Jugend-Austausch« waren zwei Abteile reserviert. Odile und Louis saßen an der Gangseite, einander gegenüber. Sie hatte ihren Koffer ins Gepäcknetz gelegt, und Louis hatte seinen blauen Sack in Reichweite. Sie dachte an den dicken Blonden und fühlte sich mutlos, in der Falle. Jene Erklärung, die sie unterzeichnet hatte . . . Damit war von ihr eine Akte angelegt. Und wenn schon. Aber vielleicht hatte der dicke Blonde in Bellunes Wohnung Spuren von ihr entdeckt; sie glaubte nämlich, ein Exemplar ihrer Probeplatte und ein paar ihrer Photos, die Bellune für das Plattencover brauchte, dagelassen zu haben . . . Und wenn er mit diesem Fall gar nicht beschäftigt gewesen war? Jedenfalls hatte sie ihn gesehen, in der Avenue des Ternes, vor dem Hotel Rovaro . . .

Louis unterhielt sich mit den andern. Allmählich fing sie an, ihnen zuzuhören, und vergaß so den dicken Blonden.

Neben ihr saß ein Mädchen, das ihr sagte, sie sei siebzehn. Durch ihre Größe, ihre dunkle Stimme und die Sonnenbrille wirkte sie älter. Die Braunhaarige mit den blauen Augen und dem Faltenrock saß neben

Louis. Bei den übrigen zwei im Abteil handelte es sich um ein pausbäckiges Mädchen und einen Braunhaarigen, der sich für einen schönen Jungen hielt; er fuhr sich unablässig mit der Hand durch das Haar und trug einen Siegelring.

– Und ihr? fragte der Braune Odile und Louis. Habt ihr die Adressen eurer Familien?

Sie verstanden nicht so recht, worum es sich handelte. Die Familien? Ja doch, die, bei denen die Mitglieder vom »Jugend-Austausch« während ihres Bournemouth-Aufenthalts wohnen sollten. Aber Odile und Louis wußten die Adressen ihrer Familien nicht.

In Le Havre erwarteten sie die Ausfahrt auf der Terrasse eines Hafencafés, dessen Jukebox italienische Schlager spielte. Die Klänge wurden verschluckt von der Umgebung aus Beton und Nebel.

Das Schiff lag am Quai. Der Bürstenschnittbursche erklärte Odile und Louis, es heiße *Normania,* und sie würden die ganze Nacht brauchen bis Southampton.

Das Zollbüro befand sich in einer Art Hangar. Der Bürstenschnittbursche hatte alle Pässe der Gruppenmitglieder eingesammelt. Als Odile ihm den ihren gab, mußte sie flüchtig an den dicken Blonden denken.

Der eine der Zöllner schichtete die Pässe zusammen und reichte sie dann dem Gruppenleiter vom »Jugend-Austausch« zurück, der ihn zu kennen schien.

– Viele Passagiere heut' abend?

– Ganz ordentlich, antwortete der Zöllner. Die Osterurlauber, schauen Sie . . .

Jungen und Mädchen zwischen fünfzehn und zwanzig standen gedrängt an Deck der *Normania.* Einige sangen im Chor. Als alle vom »Jugend-Austausch« an Bord waren, kamen sie in dieser Masse kaum weiter. Der mit dem Bürstenhaar fuchtelte mit der einen Hand und packte mit der andern Louis am Gelenk.

– Wir dürfen uns nicht verlieren ... Rendezvous im großen Salon. Ich rate Ihnen, Ihre Abzeichen anzubehalten ... Ja doch ... Behaltet sie ja an ... Ich bitte euch ... Behaltet sie an ...

Der Arme war völlig außer sich, durch die Vorstellung, die Gruppe »Jugend-Austausch« könnte sich in dieser Menge auflösen, und seine Stimme, die bis dahin etwas von dem Bellen eines Schäferhundes gehabt hatte, war einem Schluchzen nah.

Es war schon tiefe Nacht, als die *Normania* auslief. Odile und Louis, auf die Reling gestützt, schauten auf die entschwindenden Lichter von Le Havre. Louis hatte immer noch den blauen Sack auf dem Rücken, und Odile hielt zwischen den Beinen den kleinen Koffer fest. Neben ihnen ein Dutzend junger Leute, ein jeder mit einer schwarzen Samtmütze auf dem Kopf; sie hatten, passend zu der leichten Brise, einen Klagesang in einer fremden Sprache angestimmt. Sie wiederholten den Refrain, wobei sie sich in Einzelchöre teilten, und Odile und Louis ließen sich von der melodischen Sprache, die sie nicht verstanden, einwiegen.

Bald war niemand mehr an Deck. Keiner von beiden

spürte etwas von der kalten Luft. Es war ihre erste Schiffsreise. Sie gingen ganz nach vorn und stiegen dann eine Treppe hinunter. Sie kamen an Laufbrükken vorbei, wo kleine Gruppen, auf dem Boden gelagert, sich unterhielten oder Karten spielten. Weiter weg drängte man sich an einer Blechtheke, um ein Sandwich oder ein heißes Getränk zu kaufen. Endlich erreichten sie den Raum, den der Gruppenleiter »Salon« nannte, der aber eher etwas von einem Rauchzimmer hatte, mit angeschraubten Ledersesseln und -sofas, und Landschaftsphotographien an den getäfelten Wänden, wie in einem Eisenbahnabteil. Zu beiden Seiten befand sich je ein Bullauge, vor einem davon ein Bridgetisch.

Schon am Eingang benahm der Geruch von Pfeifen und dunklem Tabak den Atem. Auch hier hockten die Passagiere auf dem Boden. Dieser und jener schlief sogar im Schlafsack. Die vom »Jugend-Austausch« hatten sich auf einem Sofa und einem Fauteuil zusammengeschart, und der Gruppenleiter gab Louis und Odile mit dem Arm ein Zeichen. Louis trug Odiles Koffer auf der Schulter, und zu zweit suchten sie sich einen Weg zwischen den da mit übereinandergeschlagenen Beinen Sitzenden und ausgestreckt Liegenden. Neben dem Bridgetisch sangen immer noch drei der geheimnisvollen Ausländer mit den schwarzen Samtkappen, mit gedämpfter Stimme.

– Ich dachte schon, ihr wärt verlorengegangen, sagte der Gruppenführer. Setzt euch da her ... Warum schleppt ihr euer Gepäck mit herum? Blöd ... ihr hättet es bei dem unsern lassen sollen ...

Louis, um eine Antwort verlegen, zuckte die Achseln. Er hatte sich auf den Boden gesetzt, den Rücken an den Stützarm des Sofas gelehnt, worauf jetzt Odile saß.

– Wir können einander mit Vornamen anreden, sagte der Gruppenführer. Ich heiße Gilbert ...

Er stellte die Braunhaarige mit den blauen Augen und dem Faltenrock vor, danach den Jungen mit dem Siegelring:

– Françoise, Alain ...

Schließlich die andern:

– Marie-Jo, Claude, Christian ...

Louis und Odile nannten nun ihrerseits ihre Vornamen.

– Seid ihr Geschwister? fragte Gilbert.

– Nein, Cousins, sagte Louis ohne Nachdenken.

Das Schiff hatte angefangen zu schwanken und schwankte immer mehr.

– Ich hoffe, ihr werdet nicht seekrank, sagte Gilbert. In der Regel dauert es nicht lange ... Die Überfahrt ist eher ruhig ...

Er nahm eine Pfeife aus seiner Tasche.

– Ich habe ein radikales Mittel gegen die Seekrankheit: eine Pfeife ... Wir verstehen uns, Axter und ich ... Auch er ist ein großer Pfeifenraucher ...

Odile hatte sich zusammengekauert, die Augen geschlossen und die Wange an den Sofarücken geschmiegt. Gilbert zündete seine Pfeife an. Mit seinem Bürstenschnitt und seinen dicken Lippen hatte er etwas von einem Musterschüler, und Louis stellte sich ihn in kurzen Hosen vor, vorne in der ersten

Reihe, wie er bei jeder Frage des Lehrers den Finger hob und sagte:
– Bitte . . . Bitte!
Auf dem Fauteuil flirtete der Braunhaarige, der den Siegelring trug, mit Marie-Jo, jener, die älter aussah als sie war. Seine Küsse wollten kein Ende nehmen. Mit dem abgewinkelten Arm hielt er den Nacken des Mädchens fest, und Louis verdächtigte ihn, jeweils, mit einem flüchtigen Blick auf die Armbanduhr, die Kußzeit zu stoppen.
– Möchten Sie einmal ziehen, Nachbar? sagte Gilbert und hielt ihm seine Pfeife hin. Louis lehnte ab.
– Ihre Cousine schläft, Nachbar, sagte Gilbert und deutete auf Odile.
Das Schiff schlingerte mehr und mehr. Odiles Koffer, am Fuß des Sofas, geriet ins Rutschen, und Louis fing ihn auf. Er hatte den blauen Sack wieder auf den Rücken genommen.
– Stört Sie dieser Sack denn nicht, Nachbar? fragte Gilbert.
– Nein, sagte Louis, ich bin daran gewöhnt . . .
Der Braunhaarige und Marie-Jo küßten sich immer noch. Zwischen den Gruppenmitgliedern entzündeten sich weitere Flirts. Das dickwangige Mädchen hielt einen kleinen Rotschopf an der Hand, der mit dem Akzent der Algerienfranzosen sprach. Die Braune, Blauäugige, die mit dem Faltenrock, schien Marie-Jo zu beneiden, die der schöne Jüngling an sich drückte.
– Das Blöde ist, daß sie kein Englisch lernen, sagte Gilbert. Sie bleiben immer unter sich und turteln . . .

Ich habe mit Axter darüber gesprochen . . . Richtige Nichtsnutze . . . Sie und Ihre Cousine, ihr gebt wenigstens ein Beispiel . . . Sehr gut . . .
Einer der mysteriösen Sänger, neben dem Bridgetisch, wurde seekrank und war dabei, in seine große Samtkappe zu erbrechen.
– Wir kommen in Southampton gegen sieben Uhr früh an, sagte Gilbert, mit der Pfeife zwischen den Zähnen. Seine Lippen waren freilich so dick, daß sie die Pfeife von allein zu halten schienen.
Odile hatte die Augen geöffnet und schaute schläfrigen Gesichts auf Louis. Jetzt wurde das Licht schwächer, flackerte, ging aus. Man hörte Ausrufe, und dann jemanden, der, im südfranzösischen Akzent, brüllte:
– Scheiß auf die englische Königin!
Gelächter; ein Durcheinander von Stimmen; Schluckauf: sicher einer der Samtkappensänger, dachte Louis. Schreie, aus denen ein Chor wurde:
– Licht! Licht!
Feuerzeuge flammten auf. Louis näherte sich Odile.
– Gehen wir schlafen, sagte er ihr ins Ohr.
Er nahm Odiles Koffer, und die zwei verließen den »Salon«, wobei sie, schlecht und recht, den Körperknäueln auswichen. Eine vage Helligkeit zeigte ihnen die Laufbrücke an.
Es gelang ihnen, den Weg zu den Kabinen zu finden, und Louis zog ein Billett aus der Tasche, um die richtige Nummer zu finden. Zwei Kojen: sie streckten sich da aus. Louis verwahrte Sack und Koffer neben sich und stellte sich das Gesicht des Gruppen-

leiters vor, wenn dieser erführe, daß Odile und er eine Kabine für sich hatten (sie war von Brossier in Paris reserviert worden). Gilbert wäre sicher sehr betroffen gewesen, daß Cousin und Cousine nicht im Salon schliefen, zusammen mit den andern vom »Jugend-Austausch«.

Die Welt verschwamm in einem weißen Nebel. Beim Verlassen der *Normania* passierten sie den englischen Zoll, und dann führte sie Gilbert zu einem Bus an der Quaihaltestelle.

Aus dem Fond des Busses kam Gilbert ein Mann entgegen.

– Wie geht es Ihnen, Mr. Axter?

– Sehr gut, und Ihnen? War die Reise angenehm?

Er sprach französisch mit einem sehr leichten Akzent. Er war blond, etwa vierzig, kraushaarig, trug eine dicke Hornbrille und eine rote Tweedjacke, und rauchte Pfeife.

Die Mitglieder der Gruppe hatten vorn im Bus Platz genommen, Odile und Louis ein bißchen weiter hinten. Axter bedachte sie alle mit einem besorgten Blick.

– Sagen Sie, Gilbert, in Ihrer Gruppe ist doch ein ... Louis Memling?

– Louis? ... Louis ... aber ja ... Cousin und Cousine ...

Er deutete auf Louis und Odile.

Axter lächelte ihnen zu.

– Michel Axter, sagte er. Erfreut, Sie kennenzulernen.

Es klang ein bißchen kokett, daß er seinen Vornamen

französisch aussprach. Er gab Louis und Odile die Hand und setzte sich auf den Platz vor ihnen, wobei er ihnen das Gesicht zuwendete.

– Roland de Bejardy hat mich gestern abend angerufen, um mich von Ihrer Ankunft zu unterrichten. Er ist einer meiner besten Freunde, müssen Sie wissen …

Er stopfte, mit einem starren Lächeln, seine Pfeife. Gilbert blieb im Respektabstand, überrascht von dieser unvermuteten Vertraulichkeit zwischen Axter, Louis und Odile, und vielleicht auch ein bißchen eifersüchtig.

– Im Grund sind Roland und ich sogar Jugendfreunde …

Diesmal blühte sein Lächeln auf. Gilbert, mehr und mehr verblüfft, zog mit einer nervösen Gebärde seine Pfeife hervor, so als wollte er sich damit bei Axter in Erinnerung bringen und zwischen ihnen ein Einverständnis herstellen. Er stotterte sogar:

– Immer noch der Amsterdamer treu, Monsieur?

Doch Axter hörte ihn nicht. Er hatte sich Odile und Louis zugeneigt.

– Ich freue mich, Sie in unserem Institut in Bournemouth zu empfangen …

Dann zählte er, mit gestrecktem Zeigefinger, von weitem die Gruppenmitglieder ab.

– Alle vollzählig?

– Vollzählig, Monsieur Axter, sagte Gilbert.

– Dann sagen Sie's dem Chauffeur …

Der Autobus fuhr los, und Gilbert setzte sich eilig wieder zu Axter, Odile und Louis. Ohne Zweifel

fürchtete er, es sei in seiner Abwesenheit schlecht über ihn geredet worden.
– Wir sind bald da ... Bournemouth ist ganz nah ..., sagte Axter.
– Und wie geht es Ihrer Frau? fragte Gilbert, in einem verzweifelten Versuch, Axters Aufmerksamkeit auf sich zu lenken.
Doch dieser hatte eine Zeitung aufgeschlagen, die er geradezu andächtig las.
Hinter den Scheiben verschwand die Welt in weißglänzenden Nebelschwaden, und Louis überlegte, wie zum Himmel der Fahrer es nur schaffte, da hindurchzufinden.

Kurz vor der Ankunft in Bournemouth war die Sonne hervorgekommen, was Axter zu der Bemerkung veranlaßte:
– Seht ihr, in Bournemouth scheint immer die Sonne ...
Und Gilbert, der sich nicht damit abfand, aus dem Gespräch ausgeschlossen zu sein, hatte hinzugefügt:
– Es herrscht hier Mittelmeerklima ... Es gibt eine Menge Pinien ... und Blumen ... Wie Monsieur Axter immer wieder bemerkt, ist Bournemouth das Cannes von Dorset ...
Das Geschmeichel ging ins Leere, Axter zuckte nur mit den Achseln.
Er entnahm seiner Tasche eine Liste und wandte sich an Odile und Louis:
– Wir werden jetzt die jungen Leute nacheinander bei

den Familien abliefern ... Es wird nicht lange dauern ...
– Wir erreichen nun Christchurch, Monsieur, sagte Gilbert, in dem ernsten Tonfall eines Buschführers, der seinem Gast einen Pfad zeigt.
Axter blickte auf die Liste.
– Da ist ja jemand für Christchurch ... Marie-José Quilini zu den Guilfords ... Meryl Lane 23 ... Sagen Sie dem Chauffeur, er soll in der Meryl Lane 23 halten ...
Gilbert gehorchte.
Jedesmal dann der gleiche Vorgang: der Bus stoppte an der angegebenen Adresse, einem Cottage oder einem Häuschen mit Vorgarten. Die Familie wartete, Mutter und Kinder auf der Vortreppe, der Vater draußen auf dem Gehsteig vor dem offenen Gartentor, allesamt erstarrt in einer Art Habtachtstellung. Axter entstieg mit dem Gruppenjungen oder -mädchen dem Bus und stellte ihn oder sie dem Vater vor. Gilbert folgte mit dem Schülerkoffer. Dann gingen Vater, Axter und Schüler des »Jugend-Austausches« bis zur Vortreppe, wo es zu einem kurzen Gespräch kam, während Gilbert den Koffer abstellte. Danach brachte der Vater Axter und Gilbert wieder zum Bus zurück. Das Mitglied des »Jugend-Austausches« blieb, zusammen mit der Mutter und den Kindern, auf der Vortreppe, und alle, von neuem erstarrt, blickten sie dem abfahrenden Bus nach.
In diesem befanden sich schließlich nur noch Axter, Gilbert, Odile und Louis. Gilberts Unruhe wurde immer größer.

– Sie sind in der Cross Road, bei derselben Familie wie im letzten Jahr, sagte Axter.
– Danke. Auf diese Weise kann ich in Ihrer Nähe sein . . .
Er zögerte, und sagte dann mit überstürzter Stimme, wobei er auf Odile und Louis wies:
– Und die beiden da, zu welcher Familie kommen sie?
– Sie wohnen bei mir, im Institut.
Gilbert riß die Augen auf.
– Bei Ihnen?
Er gebärdete sich, als habe er einen Faustschlag in die Magengrube erhalten. Sein Gesicht wirkte zerfallen und die Lippen erschienen noch dicker, wie angeschwollen von einem fremdartigen Luftdruck, nah am Platzen.
– Warum bei Ihnen?
– Einfach so . . . Erstaunt Sie das?
Der Bus hielt in der Cross Road, vor einem schmukken Cottage, dessen Garten gesäumt war von einem weißen Gitter.
– Sie sind da, Gilbert . . .
Gilbert rührte sich nicht von der Stelle, entschlossen, die Abfahrt hinauszuschieben. Axter nahm den Koffer. Da stand Gilbert bekümmert auf.
– Die da, sie haben ein Glück, bei Ihnen wohnen zu können, zischte er hervor.
Axter stellte den Koffer an der Gartentür ab, gab Gilbert die Hand und kehrte zu Odile und Louis in den Bus zurück.
Gilbert blieb reglos vor dem Cottage, ohne Blick für den Koffer. Sein Gesicht war beängstigend bleich,

und er starrte, die Lippen geschürzt, Odile und Louis wild an, bis der Bus endlich abfuhr. Louis war betroffen von dem Haß und dem Neid in diesem Blick.
– Er ist kein böser Kerl, aber er ist ein bißchen aufdringlich, sagte Axter.

Zwischen einem kurzgeschorenen Rasen, an dichten Rhododendronbüschen vorbei, schlängelte sich eine sandbestreute Allee bis zum Haus, einer mächtigen Villa im anglonormannischen Stil, überragt von einem Glockentürmchen. An der Eingangstür eine weiße Marmortafel mit der Aufschrift: BOSCOMBE COLLEGE.
– Wir sind da, sagte Axter. Ich werde euch euer Zimmer zeigen.
Sie gingen durch einen Flur. Die Türen da führten in die Klassenräume.
– Hier finden die Kurse statt, sagte Axter. Jeden Morgen ... Ihr seid natürlich nicht verpflichtet, daran teilzunehmen ...
Er zwinkerte Odile und Louis zu, was bei einem Engländer erstaunte.
Sie stiegen die Treppe hinauf in die dritte Etage. Axter öffnete eine Tür. Wieder gingen sie durch einen Korridor und betraten eine weißwandige Mansarde, die vollkommen unmöbliert war. Auf dem Boden lag eine Matratze, ausgestattet mit rosa Leintüchern und einer Schurwolldecke.
– Und hier ist das Bad, sagte Axter.
Es handelte sich um eine von Milchglaswänden gebildete Nische, mit Waschbecken und Dusche.

– Ich glaube, ihr werdet euch hier wohl fühlen. Ich habe diese Etage gerade erst ausbauen lassen.
Er nahm Odiles Koffer und Louis' Sack, öffnete den Einbauschrank und begann, ihre Kleider in die Fächer zu räumen. Louis wollte ihn zurückhalten.
– Nein, nein ... please ...
Er tauschte mit Odile einen verdutzten Blick. Axter verteilte Hemden, Pullover, Kleider, Hosen in tadelloser Ordnung.
– Das macht Spaß ... Es erinnert mich ans Trinity College ...
Als er alles eingeräumt hatte, entnahm er, mit der größten Natürlichkeit, dem Sack und dem Koffer die Banknotenbündel.
Er ließ diese, eins nach dem andern, in eine große grüne Plastiktüte gleiten, die er hervorgezogen und entfaltet hatte wie ein Taschentuch. Er wandte sich Odile und Louis zu:
– Jetzt können wir Roland de Bejardy anrufen und ihm mitteilen, daß alles gut gegangen ist ...
Das Telefon befand sich an der Flurwand. Axter sprach englisch. Er nickte zu den Anweisungen, die ihm Bejardy offensichtlich gab.
– Cherrio, Roland ... *And give my regards to Nicole ...*
Er übergab den Hörer Louis.
– Lernen Sie ordentlich Englisch, sagte Bejardy. Das ist immer zu etwas gut.

Am Morgen gegen neun wurden sie geweckt von den Stimmen der Schüler, die den Garten durchquerten.

Es waren mehr als fünfzig Jungen und Mädchen, die das Boscombe College besuchten, und unter ihnen erblickte Louis auch Gilbert, dem die Pfeife von der Unterlippe hing. Er ging von Gruppe zu Gruppe, bekleidet mit einem Schottenrock und einem Rollkragenpullover.

Odile und Louis hätten gern an den Kursen teilgenommen, aber dazu mußte man früh aufstehen, und die Englischschüler am Boscombe College, mochten sie auch in ihrem Alter sein, wirkten auf sie fremd. Sie hatten einander nichts zu sagen, hatten im Grunde gar nichts miteinander gemeinsam. Die Glocke kündigte jeweils mit drei Schlägen eine Pause an, und die jungen Leute verteilten sich auf dem Rasen. Dort kam es zu Küssereien zwischen Paaren, so beflissen, als würde jeweils die Kußzeit gestoppt. Glückliche, saubere, selbstsichere Jungschar. Axter verlangte viel Geld für die Boscombe-Kurse; seine Kundschaft kam aus den Familien des siebten und des sechzehnten Arrondissements, und vielleicht noch aus diesem und jenem Klan reicher Algerienfranzosen.

Sie blieben zu zweit im Bett, schmiegten sich aneinander und lauschten der tiefen Stimme eines Lehrers, der einen englischen Text diktierte. Und von weiter weg kam, wie ein Rauschen, ein mysteriöser Chor, der unermüdlich dasselbe Lied probte.

Während all dieser Tage war schönes Wetter, und Odile und Louis aßen oft gemeinsam mit Axter zu Mittag, in dem Speisezimmer des Boscombe College. Axter kochte selber, deckte den Tisch und servierte dann wieder ab, widmete sich begeistert diesen häuslichen Pflichten, in Abwesenheit seiner Frau, die ein paar Tage in London verbrachte. Boscombe war die ehemalige Villa seiner verstorbenen Eltern, und bei seinem Abgang von Cambridge hatte er das Haus in ein *College* umgewandelt, die einzige Möglichkeit für ihn, etwas zu erhalten, das ihm einen Schatz von Kindheitserinnerungen barg.

Wo hatte er Bejardy kennengelernt? Oh, ganz zufällig, bei einer Frankreichreise, mit fünfundzwanzig. Ein amerikanischer Freund hatte ihm »Roland« vorgestellt, der ein Bootsrestaurant auf der Seine bei Neuilly führte. Ja, dieses »Bootsrestaurant« war sehr seltsam. Louis bemerkte an Axter freilich eine gewisse Verlegenheit, sooft von Bejardy die Rede war.

Am Nachmittag gingen sie beide, Odile und Louis, die Straße des Boscombe College hinunter, die gesäumt wurde von Villen hinter weißen Gittern und dunkelgrünem, fast schwarzem Buschwerk. Von Zeit zu Zeit eine Pinie. Sie kamen zum Fisherman's Walk, einer Kreuzung mit ein paar Geschäften. Es gab da auch eine Teestube, einen hohen Raum mit großen Scheiben, und winzigen Tischen, wie verloren in einem Wintergarten. Am Ende einer abschüssigen Straße begann das Meer.

Eine einzelne rote Telefonzelle stand inmitten eines runden Platzes, der den Strand beherrschte. Im Innern fand man sich auf einer zentimeterdicken Sandschicht, aber das Telefon funktionierte immer, und die Verzeichnisse waren neu. Eines Nachmittags ließ Louis sich da von Brossier anrufen. Er brauchte nur die Nummer der Zelle anzugeben, und binnen einer halben Stunde würde er zurückgerufen. Als dann das Klingeln durch die verlassene Landschaft ging, zuckten Louis und Odile zusammen. Eine Frauenstimme war am Apparat: Jacqueline Boivin, Brossiers Verlobte.

– Ich gebe Ihnen Jean-Claude . . .

Louis fragte Brossier, wie lange sie ihren Aufenthalt in Bournemouth verlängern könnten. Brossier: Bis zur nächsten Woche. Auch er war dabei, mit Jacqueline in den Urlaub zu gehen. Wohin? Na wohin schon: in die Cité universitaire, in das Quartier *Deutsch de la Meurthe,* wo es mindestens genauso schön war wie in allen Bade- und Thermalorten Europas.

Dünen, die Flanken hier und da bewachsen mit Gras; und auf den Dünenkämmen ab und zu eine Bank. Auf eine legten sie ihre Kleider und schlüpften in die gestreiften Badeanzüge, die Axter ihnen geliehen hatte. Sie liefen zum Meer. Das Wasser war eisig, aber sie hatten gewonnen: Axter hatte gewettet, es sei unmöglich, im April in Bournemouth zu baden.

Sie gingen auf der Straße zurück zum Fisherman's Walk, ihre Badesachen eingerollt in einer Strandtasche. Der Wind blies ziemlich stark. Sie betraten die Wintergarten-Teestube, um da einen Grog zu trinken.

Und wenn sie ein paar Monate blieben? Axter fände ein kleines Hotel für sie oder böte ihnen weiter seine

Gastfreundschaft an. Paris war vergessen. Und sie waren froh, an den Nachbartischen eine fremde Sprache zu hören, die sie schließlich verstehen und auch sprechen würden, mit dem Gefühl, ein neues Leben anzufangen.

Am Ende des Dünenwegs von Boscombe waren sie einem Mann mit marineblauem Regenmantel und karierter Mütze begegnet. Dieser hatte sie angeredet, aber sie verstanden nicht so recht, was er sagte. Er fragte sie, ob sie »französische Studenten« seien. Als sie bejahten, schwang er einen violettgestreiften Ausweis und wiederholte mehrmals die Worte *detective cinema*, womit er ihnen zweifellos seinen Beruf mitteilen wollte. Dann schenkte er ihnen ein Dutzend Eintrittskarten, für mehrere Filme. Sie hatten nicht einmal die Zeit, sich zu bedanken: er entfernte sich schon, und der zu große Regenmantel flatterte im Wind wie ein Banner.

Das Kino befand sich in Christchurch, einem Vorort von Bournemouth, nicht weit vom Boscombe College, und die Vorstellung begann um halb zehn am Abend. Sie nahmen die Brücke über die Stour, einen Fluß, der gesäumt war mit Wiesen. Deren Gräser nahmen in der Dämmerung eine bläuliche Farbe an. Am anderen Ende der Brücke befand sich ein Ufergarten mit einem Musikpavillon, Schieß- und Automatenständen und kleinen Schankbuden, vor denen, an den Pontons, Kähne lagerten, die man tagsüber mieten konnte.

Später, in der Erinnerung, verbanden sich für Louis

dieser Vergnügungspark, der Fluß, der Lärm der Groschenautomaten mit der lavendelduftenden Odile, die hinten im Schrank ihres Zimmers eine Flasche von diesem Parfum gefunden hatte. Aus einem Lautsprecher kam Musik. Vor den Buden drängten sich Gruppen in schwarzen Lederjacken, die sogenannten »Teddyboys«. Schon vor dem Überqueren der Brücke hörte man ihre Wortwechsel und ihr Gelächter.

An einem Tisch der größten Bude saß, halb im Schatten, ein Mädchen, allein, das ebenfalls eine schwarze Lederjacke trug, eine Rothaarige mit einer irischen Stupsnase. Ihren Hals zierte eine große Kette, die aus etwa zwanzig Einzelketten bestand. Eines Abends zeigte sie Odile und Louis diese Reliquien, mit den eingravierten Vornamen Jean-Pierre, Christian, Claude, Bernard, Michel ... Die Kettchen stammten von Franzosen, deren Liebste sie gewesen war, in Bournemouth, in der Nacht, unter dem Pier. Die andern, die Teddyboys, sprachen nicht mit ihr und behandelten sie wie eine Pestkranke. Aber war es denn ihre Schuld, daß sie die Franzosen liebte?

Als sie das Kino betraten, stand der Mann im blauen Regenmantel steif neben der Kasse. Er führte sie selber, eine Taschenlampe in der Hand, zu ihren Plätzen. Es saßen jedesmal nur wenige Zuschauer auf den dunkelbraunen Holzsitzen im Saal.

Während des Films ging der Mann im Mittelgang auf und ab, immer noch mit der Mütze auf dem Kopf. Von Zeit zu Zeit setzte er sich, doch jedesmal auf einen anderen Platz, und blickte um sich. Nach der

Vorführung stellte er sich wieder vor die Kasse und musterte jeden einzelnen Zuschauer, wobei er Odile und Louis zunickte. In diesem Augenblick hätten sie ihn über seine Arbeit als *detective cinema* befragen sollen, aber das ernste und sorgenvolle Gebaren des Mannes schüchterte sie ein. Louis wollte ihm sogar etwas schenken, um sich für die Gratis-Eintrittskarten zu bedanken.
Sie fragten Axter, was dieses *detective cinema* wohl bedeute. Doch dieser wußte es ganz und gar nicht. Es war das erste Mal, daß er von solch einem Beruf hörte.

Bei ihrer Rückkehr zum Boscombe College war das große Fenster im Erdgeschoß oft beleuchtet. Eines Abends gab ihnen Axter, der sie durch den Garten hatte gehen sehen, am Treppeneingang ein Zeichen und lud sie auf ein Glas ein.
Sie betraten einen weiträumigen Salon, möbliert mit Fauteuils und Ledersofas. Sie versanken beim Gehen in einem Wollteppich. An den Wänden Gemälde mit Jagdszenen; Louis fiel besonders ein Stich auf: eine Familie, versammelt um eine Kutsche, in deren Innern ein melancholischer Junge. Die Szene hieß: *Abfahrt ins Internat.*
– Meine Frau, sagte Axter.
Sie saß zusammen mit einer anderen Frau auf einem der Sofas: eine mächtige Blondine mit strengen Zügen und blauen Augen, die viel älter wirkte als Axter.
– Louis und Odile Memling.

Axter hatte immer getan, als hielte er sie für Bruder und Schwester.
– Sehr erfreut ..., sagte sie auf französisch.
Sie lächelte die beiden zerstreut an.
– Und das ist die Frau meines Freundes Harold Howard.
Die andere Dame blickte sie kaum an. Sie war ebenso groß wie Madame Axter, mit sehr kurzen braunen Haaren und einem viereckigen, männlichen Gesicht. Sie steckte sich immer wieder ruckhaft eine Zigarettenspitze zwischen die Zähne. Die zwei Frauen redeten weiter, ohne sich um Odile und um Louis zu kümmern. Axter, wegen ihrer abweisenden Haltung verlegen, hüstelte. Louis bewunderte den Stich, um die Szene zu überspielen.
– Schön ...
– Aber auch traurig, diese Abfahrt ins Internat, oder nicht? sagte Axter. Stellen Sie sich vor, ich träume immer noch, weg ins Internat zu müssen ... Und das in meinem Alter ...
– Michel ist schrecklich sentimental, sagte jemand hinter ihnen, in einem beinah perfekten Französisch.
Sie hatten ihn nicht kommen hören und drehten sich alle drei um.
– Ich stelle euch meinen Freund Harold Howard vor.
Dieser war ein rothaariger, sommersprossiger Koloß, bekleidet mit einem granatroten Rollkragenpullover, einer dicken Tweedjacke und einer sehr weiten Samthose.
– Howard ist ein alter Freund vom Trinity College ...

Axter führte sie in den entferntesten Winkel des Salons, weg von den schwätzenden Frauen. Howard nahm Platz in einem Fauteuil und legte die langen Beine auf die Fensterkante.
Axter beugte sich zu ihm.
– Ich habe eine Postkarte von Guy Burgess bekommen, sagte er mit gedämpfter Stimme, auf französisch.
– Guy? Nein ... Nicht möglich! ... sagte Howard verblüfft.
Axter bedachte die zwei Frauen mit einem verstohlenen Blick, so als sollte er dieses wichtige Ereignis vor ihnen geheimhalten. Dann zog er aus der Innentasche seiner Jacke eine Postkarte hervor und gab sie Howard. Dieser schaute sie lange an, offensichtlich ziemlich durcheinander.
– *Wonderful old boy!* Er ist dort sicher unglücklich ...
– Du weißt doch, daß Guy immer unglücklich sein wollte, sagte Axter.
Howard, noch ganz betroffen, gab die Postkarte unwillkürlich weiter an Louis: ein Park in Moskau; auf der Rückseite stand nichts als:

With kind regards, GUY

Er reichte die Karte an Axter zurück, der sie einsteckte. Viele Jahre danach, im *Sunny Home,* las Louis dann die Abenteuer Burgess' und seiner Freunde, und der Name Guy Burgess allein brachte ihm die ganze Atmosphäre von Bournemouth zurück, den Rhododendron, den Strand von Boscombe, die Frische des

Efeus, den *Kinodetektiv* und Odiles Lavendelparfum.
– Trinken wir auf Guy, sagte Axter. Und auf englisch, als Wortspiel: *What is your poison?* Welches Gift nehmt ihr?
– Er meint: Was trinkt ihr? sagte Howard.
Aber Axter servierte ihnen gleichsam offiziös, in kleinwinzigen Gläsern, einen Likör mit granatrotem Schimmer, der zusammenpaßte mit Harold Howards Pullover.
– Auf Guy! sagte Axter ernst.
– Auf Guy! wiederholte Odile mit einem Lachen.
– Auf den alten Guy! sagte Harold.
Sie stießen an.
– Guy war unser Großer Bruder von Dartmouth und Cambridge, sagte Axter.
Harold bedachte Odile und Louis mit einem einladenden Lächeln.
– Und was tut ihr so?
– Nichts von Bedeutung, sagte Louis.
– Sie sind noch zu jung für Übeltaten, sagte Axter.
Odile lachte los.
– Oder für Großtaten, sagte sie.
Axter und Howard hatten, mit fast parallelen Gesten, ihre Pfeifen hervorgezogen. Axter stopfte die seine, während Howard Odile und Louis unverwandt anschaute.
– Ja . . . es ist wahr . . ., sagte Axter träumerisch. Ihr seid noch Kinder . . .
Das Lampenlicht beleuchtete Odile und Louis grell, und auf dem Sofa saßen sie ohnedies schon eng

beieinander. Axter und Harold beobachteten sie, als seien sie auf Stoff gespießte Schmetterlinge, beäugt von Hobbyforschern.
Harold und Axter hatten nun beide die Pfeife im Mund. Das Getuschel der Frauen am anderen Ende des Salons war kaum hörbar. Es war, als genössen die zwei Männer den Abstand zu ihren Frauen, entspannten sich dabei und fühlten sich wohl, so wie damals in ihrem Zimmer im Trinity College. Axter hatte den Hemdkragen geöffnet und ließ die Beine über die Seitenlehne des Fauteuils hängen. Howards Beine lagen immer noch auf der Fensterkante, und die beigen, zu weiten Wollsocken rutschten ihm allmählich über die Knöchel.
– Ihr solltet euch ein wenig von England ansehen ... Wenn ihr wollt, kutschieren Michael und ich euch durch die Gegend, sagte Harold. Nicht wahr, Michael? Sie könnten zum Beispiel mit uns Cambridge besuchen ...
– Mit Vergnügen. Aber ich glaube, sie müssen zurück nach Frankreich ...
Ja, übermorgen sollten sie fahren. Eine große Ratlosigkeit ergriff Louis. Paris? Sie beide in Paris? Er spürte das Bedürfnis, sich diesen beiden Engländern anzuvertrauen und sie sogar um Rat zu bitten. Noch nie hatte irgend jemand ihnen, ihm und Odile, Ratschläge gegeben. Sie waren allein auf der Welt.
– Tatsächlich? Ihr müßt fahren? fragte Harold.
Und er leerte seine Pfeife, indem er sie nervös gegen den Schuhabsatz schlug.
– Warum müßt ihr fahren?

Louis war betroffen von der kindlichen Enttäuschung, aber auch von der Besorgnis und dem Zartgefühl im Blick Harold Howards. All das stand in einem seltsamen Gegensatz zu seiner Massigkeit, dem rauhen Tweed, dem gerippten Samt, wie auch dem strengen Pfeifengeruch, der ihn umgab.

Axter begleitete sie nach Southampton, in dem Bus, mit dem er sie auch hatte abholen lassen. Sie saßen alle drei hinten in dem leeren Bus, ohne zu sprechen. Axter rauchte gedankenversunken seine Pfeife. Das Wetter war trüb.

Der Bus hielt am Schiffsquai, vor dem Zollhangar. Axter trug ihnen das Gepäck und präsentierte dieses selber den Zöllnern. Bevor sie an Bord der *Normania* gingen, hielt Axter Louis an der Schulter zurück:

– Sie sollten trotzdem vorsichtig sein mit Roland ... Lassen Sie sich nicht zu sehr ein ... Er ist bezaubernd, aber er ist auch ein ... ein ...

Er suchte das Wort.

– Eine Art Abenteurer ...

Auf die Reling gestützt, erwarteten sie die Abfahrt. Axter stand auf dem Trittbrett des Busses, die Pfeife im Mund, und winkte ihnen gewaltig zum Abschied, mit beiden Armen.

Bejardy und Nicole Haas erwarteten sie in Le Havre, am Zollausgang. Es war gegen acht Uhr am Abend, und es wurde dunkel.

– Habt ihr eine gute Reise gehabt? fragte Bejardy, ohne Nachdruck.

Nicole Haas lächelte sie wortlos an. Sie nahmen zu zweit Platz auf dem Rücksitz von Bejardys Auto. Dieser setzte sich ans Steuer, Nicole Haas neben ihn.
Er fuhr sehr schnell und wirkte nervös. Nicole Haas und er redeten kein Wort miteinander, so als hätten sie sich gerade gestritten. Bejardy hatte das Radio angedreht und stellte von Zeit zu Zeit den Ton lauter.
– Also, Roland: haben Sie sich entschieden? fragte Nicole Haas.
– Ich weiß nicht, Coco ... Vielleicht die Auberge de Verneuil? Was hältst du davon?
Sie antwortete nicht. Bejardy drehte sich um zu Odile und Louis.
– Ihr seid sicher müde von der Reise ... Noch drei Stunden Autofahrt, das ist ein bißchen viel ... Wir könnten über Nacht in einem Gasthof bleiben ... Es sei denn, ihr möchtet auf dem schnellsten Weg nach Paris ...
Louis antwortete nicht. Er nahm statt dessen Odiles Hand und drückte sie. Sie spürten sehr wohl, daß sie nichts zu sagen hatten. Bejardy hatte ohnehin das Radio noch lauter gestellt.

Sie aßen zu Abend. Nicole Haas war vor dem großen leeren Speisesaal des Gasthofs zurückgeschreckt, und Bejardy hatte einen Tisch an der Bar gewählt.
Sie war offensichtlich auf Bejardy schlecht zu sprechen. Zu Odile und Louis freilich war sie sehr freundlich.

– Und Axter? Geht es ihm gut? fragte Bejardy.
– Was denken Sie von Axter? schloß sich Nicole Haas sofort an, so als solle ihre, nicht Bejardys Frage beantwortet werden.
– Sehr sympathisch, sagte Louis. Als Sie ihn kennenlernten, haben Sie also ein Bootsrestaurant in Neuilly geführt? ...
– Ah, er hat euch das erzählt? sagte Bejardy verlegen.
– Du hast ein Boot gehabt, Roland? fragte Nicole Haas ironisch. Du? Ein Boot?
– Nein ... Wir, ich und Brossier, haben ein Restaurant auf einem Boot eröffnet, sagte Bejardy. Am Bois de Boulogne ...
– Und das Boot? Was ist damit?
– Es gehörte dem französischen Touringclub, sagte Bejardy wütend.
– Ich hätte dich gern auf diesem Boot gesehn ... Hast du da eine Admiralsmütze getragen?
Und Nicole Haas, mit der gleichen lässigen Geste wie das erste Mal in Paris, nahm das Feuerzeug Zippo, das Louis so überrascht hatte, und zündete sich eine Zigarette an.
– Axter ist ein echter Engländer, sagte sie. Habt ihr auch seine Frau gesehen?
– Ja.
– Sie könnte seine Mutter sein, nicht wahr?
– Sie sind doch gleich alt, sagte Bejardy kurz.
– Oh nein ... Der Altersunterschied zwischen Axter und seiner Frau dürfte so groß sein wie der zwischen dir und mir ...

Bejardy zuckte mit den Achseln. Es fiel ihm schwer, ruhig zu bleiben. Odile blickte interessiert zwischen Bejardy und Nicole hin und her.
– Finden Sie nicht, daß er älter aussieht als ich? fragte Nicole Odile, wobei sie auf Bejardy wies.
Odile wußte nicht, was antworten. Louis senkte den Kopf.
– Nein, ich finde das nicht, sagte Odile zaghaft.
– Sie ist nett, beim Himmel ..., sagte Nicole. Und gut erzogen.
– Viel besser erzogen als du, Coco ..., sagte Bejardy.
Sein Gesicht hatte sich geglättet. Er nahm Nicoles Hand. Louis dachte, daß es ihm im Grunde gefiel, von Nicole in Gesellschaft schlecht behandelt zu werden. War es bloß eins ihrer Spiele?
– Noch nie bin ich jemand so Bösartigem begegnet wie Coco, sagte Bejardy und streichelte ihr die Hand.
Louis betrachtete das Zippo-Feuerzeug, das Nicole auf den Tisch gelegt hatte. Er nahm es, zündete es an und vertiefte sich in den schwärzlichen Rauch, den die Flamme ausstieß.
– Im Internat träumte ich davon, so ein Feuerzeug zu haben ...
– Wirklich? sagte Nicole. Es gehört Ihnen ...
Sie lächelte ihn an, und dieses Lächeln war so sanft, so verständnisvoll, daß es Louis schien, als näherten sich im selben Augenblick ihrer beider Gesichter und als berührten sich ihrer beider Lippen.
– Doch, doch ... Das Feuerzeug gehört Ihnen ...

In einem Anbau des Gasthofs, jenseits des Hofs, waren für die Nacht zwei Zimmer reserviert. Als sie die Bar verließen, nahm Bejardy Louis am Arm und hielt ihn zurück.
– Ich möchte Ihnen danken, Sie wissen ja wofür. Ich werde in Paris noch darauf zurückkommen. Sie wissen, Louis, daß Sie eine Provision erwartet ...
– Ach ... das ist wirklich nicht nötig ...
Es hätte ihn sogar erleichtert, hätte Bejardy diese Provision vergessen ...
– Aber ja ... Sie brauchen etwas Taschengeld ... In Ihrem Alter ...
Sie erreichten Odile und Nicole Haas, die den Hof überquert hatten. Eine Laterne an der Fassade des Anbaus leuchtete den Weg aus.
Über eine Außentreppe gelangte man hinauf in den ersten Stock, und die Zimmer gingen hinaus auf eine Galerie, die eingefaßt war von einem grünhölzernen Geländer.
– Gute Nacht.
– Gute Nacht.
Ihre Zimmer lagen nebeneinander.

Gegen zwei Uhr früh wurden Louis und Odile geweckt von Stimmen: Bejardy und Nicole Haas. Zuerst verstanden sie nicht, was geredet wurde. Bejardy sprach ununterbrochen, und Louis meinte, er läse etwas oder unterhielte sich mit jemandem am Telefon.
– Lump! schrie Nicole Haas.
– Still!

Etwas zerbrach am Boden.
– Du bist verrückt! Du wirst noch alle wecken!
– Das ist mir egal!
– Glaubst du, sie werden sich schlagen? fragte Odile. Sie legte den Kopf zwischen Louis' Schulterblätter. Sie regten sich nicht.
– Du kannst deinen Zaster behalten! schrie Nicole Haas. Ich nehme das Auto und fahre zurück nach Paris!
– Jetzt ist's aber genug!
Einer der beiden ohrfeigte den andern; ein Geräusch von Geschiebe und Gerempel.
– Gauner! Gauner! Du bist nichts als ein kümmerlicher Gauner!
– Sei still!
– Mörder!
– Coco . . .
Er hielt ihr wohl den Mund zu; denn man hörte ihre Stimme halb erstickt, wie ein Wimmern.
– Lump! Lump!
– Bitte, sei lieb . . . sei lieb, Coco . . .
Sie redeten leiser. Auf einmal lachten sie. Stille. Von Zeit zu Zeit kam von ihr ein Seufzer, immer schneller.
Odile und Louis blieben ohne Bewegung, die Augen weit offen. An der Decke ein Schattengeflecht.
– Ich frage mich, was da vor sich geht, sagte Louis.
Seit einigen Augenblicken hatte er, hier in diesem Zimmer, die gleiche Empfindung von Abhängigkeit und Luftmangel, die sein Teil gewesen war im Internat und bei der Armee. Ein Tag folgt dem

andern, und man fragt sich, was man da soll, und es fällt einem schwer, sich vorzustellen, es gäbe aus solcher Gefangenschaft je ein Entkommen.

– Wir sollten weg von hier, sagte Odile.

Weg. Ja. Bejardy konnte ihm gar nichts anhaben, ganz und gar nichts. Er, Louis, schuldete ihm nichts. Niemand und nichts konnte ihm etwas anhaben. Sogar der Hof des Internats und jener der Kaserne erschienen nun unwirklich und harmlos, wie die Erinnerung an einen kleinen Platz.

Da der Abend lau war, erwartete Brossier sie an einem Tisch draußen auf einer Terrasse der Place Jussieu. Als Odile und Louis kamen, erhob er sich und umarmte sie. Diese Geste wirkte nachhaltig durch eine an ihm ungewohnte Innigkeit.

Seit ihrer Abreise nach England hatte er sich ziemlich verändert ... Er trug einen alten himmelblauen Trainingsanzug und Basketballschuhe, und auf seinem schmalgewordenen Gesicht begann ein Bart zu sprossen, den er von Zeit zu Zeit betastete.

– Louis ... Ich habe eine wichtige Neuigkeit für sie beide ... Ich arbeite nicht mehr für Bejardy ... Aus ...

Er beobachtete Louis' und Odiles Reaktion mit einem triumphierenden Blick.

– Und was werden Sie nun tun? fragte Odile.

– Hört ... Noch nie bin ich so glücklich gewesen ...

Er saß da mit aufgeblasenem Brustkorb.

– Ich habe mich an der naturwissenschaftlichen Fakultät inskribiert, als Gasthörer ... Dadurch kann ich Jacqueline noch näher sein ... Unsere Vorlesungen finden im selben Gebäude statt, am Quai Saint-Bernard ...

– Haben Sie denn völlig mit Bejardy gebrochen? fragte Louis.

– Völlig. Ich möchte ihn nicht mehr sehen. Ich habe reinen Tisch gemacht mit einer ganzen Periode meines Lebens. Ich bin jetzt ein anderer Mensch, Louis ...

Zwischen dem Handlungsreisenden mit dem aufgequollenen Gesicht, dem Louis in Saint-Lô begegnet war, und diesem Mann im Trainingsanzug, mit den glänzenden Augen und den hageren Wangen, bestand nicht die geringste Ähnlichkeit. Was war wohl mit seinen Tirolerhüten geschehen?

– Entschuldigt meinen seltsamen Aufzug, sagte Brossier. Ich komme gerade von der Gymnastik. Einmal in der Woche gehe ich dahin ...

– Und ich? sagte Louis unvermittelt. Ich soll allein bleiben mit Bejardy? Sie lassen mich also fallen?

– Aber nicht doch ... Ich hoffe, Sie folgen meinem Beispiel ... Jacqueline wird bald hier sein ... Die Vorlesung heute abend dauert ein bißchen lang ...

Mit einer weitausholenden Geste fegte er gleichsam den Platz.

– Ich hänge sehr an dem Viertel von Jussieu ... Jacqueline und ich, wir sind immer hier – wenn wir nicht in der Cité universitaire sind ...

Der Platz mit seinen Bäumen hatte etwas von dem Platz einer Provinzstadt. Ein paar Leute spielten am Gehsteigrand Boule. In dem Café-Tabac nebenan dröhnte Musik aus der Jukebox.

– Ich möchte euch unbedingt die Gegend hier zeigen ... Der Jardin des Plantes ist ganz in der Nähe ... Auch die Lutèce-Arena, wohin Jacqueline mich von Zeit zu Zeit mitnimmt ... Wenn uns der Sinn nicht nach der Mensa oder dem Speisesaal der Cité steht, essen wir zu Abend in einem kleinen mexikanischen Restaurant bei der Lutèce-Arena ... Wenn ihr wollt, gehen wir einmal zusammen dahin ...

Seine Stimme war nicht mehr ölig, sondern belebt von einer Begeisterung, die ihr einen klaren, melodiösen Schwung gab. Er hatte seinem alten Vokabular abgeschworen, und Argot-Ausdrücke wie »Schlurf, Moneten, Zaster, totale Ebbe«, die zuvor seinen Wortschatz gewürzt hatten, hätten aus seinem Mund jetzt falsch geklungen.

Jacqueline saß inzwischen bei ihnen am Tisch, eine Schulmappe auf den Knien, und ihre äthiopische Anmut verzauberte Louis.

– Ging's dir gut in der Vorlesung? fragte Brossier und küßte sie auf die Stirn.

– Sehr gut.

Sie wandte sich Odile und Louis zu.

– Ich bin froh, euch wiederzusehen. Hat Jean-Claude euch mitgeteilt, daß ...

Ihr Blick suchte Zustimmung.

– Ich finde, er hatte recht, sagte Louis.

– Begleitet ihr uns zur Cité universitaire? schlug Brossier vor. Wir könnten dort eine Kleinigkeit essen. Jacqueline, ich trage dir die Tasche ...

Sie gingen am Lycée Henri IV und dann an der Sainte-Geneviève-Kirche vorbei und kamen auf den Pantheonplatz, Jacqueline Boivin eingehakt bei Brossier, der die Schulmappe trug.

– Kennt ihr die Gegend hier? fragte Brossier.

– Nein, sagte Odile. Ich habe nicht studiert.

– Dazu ist es niemals zu spät ... Der Beweis ...

Und er zeigte auf sich selbst und küßte Jacqueline am Hals.
– Wir brauchen demnach nur noch die Inskriptionsformulare auszufüllen, sagte Louis.
In der Rue Soufflot, vor den Terrassen des *Café Mahieu,* standen mehrere Gruppen in lebhaftem Gespräch; ein Geschiebe von links nach rechts. Brossier, ohne sich zu bewegen, drückte Jacqueline Boivin an sich. Odile und Louis daneben gerieten in die Menschentrauben hinein und wären fast mitgeschoben worden, hätte Brossier sie nicht mit fester Hand zurückgehalten.
– Rechts, am Boulevard Saint-Michel, sagte er, akzentuierend wie ein Führer, habt ihr das *Capoulade* ... Danach kommt die Buchhandlung Picart, wo Jacqueline und ich oft hingehen ... Und das Plattengeschäft Chanteclair ... Weiter unten ist die Buchhandlung Gibert, wo ich oft alte Bücher verkaufe, wenn ich knapp bei Kasse bin ... Und das *Café de Cluny* ... In der ersten Etage des *Café du Cluny* wird Billard gespielt ...
Seine Stimme versagte, so als werde er von Panik ergriffen bei der Vorstellung, es sei nicht genug Zeit, ihnen den vielfältigen Zauber des Viertels zu zeigen; ein einziges Leben reiche dazu nicht aus.
In der Gare du Luxembourg erwarteten sie auf einer Bank die Ankunft des Zuges der Sceaux-Linie.
– Sie sollten meinem Beispiel folgen, Louis, und endgültig mit Roland brechen ...
– Sie haben doch Einfluß auf ihn, Odile ... Er soll nicht mehr für Bejardy arbeiten ...

Im Zug, der sie zur Cité universitaire brachte, drückte Brossier Jacqueline Boivin sacht an seine Schulter.

– Ich möchte offen mit Ihnen reden, Louis ... Roland steht vor dem Nichts ... Verlassen Sie das Schiff, bevor es sinkt ...

– Kennen Sie ihn lange? fragte Louis.

Er spürte, er könnte ihm jetzt von neuem die Fragen stellen, auf die Brossier bisher nur sehr vage geantwortet hatte; Brossier würde ihn nun, da er mit Bejardy gebrochen hatte, über alles, bis in die kleinsten Details, aufklären.

– Ich habe Roland kurz nach dem Krieg kennengelernt ... Es ist wohl bald zwanzig Jahre her ...

– Haben Sie nicht eine Zeitlang zusammen ein Bootsrestaurant geführt? fragte Louis.

– Oh ja ... *La Goëlette de Longchamp*, der Schoner von Longchamp ... Wer hat Ihnen denn davon erzählt? Ein Desaster ... Roland wollte, daß die Kellner Stierzüchter-Kostüme trügen ...

Er küßte Jacqueline leicht auf die Wange.

– Ich hoffe, diese alten Geschichten langweilen dich nicht, Liebe?

Jacqueline hob freundlich die Schultern und warf Odile einen Komplizinnenblick zu. Der Zug hielt in der Station Denfert-Rochereau.

– Ich habe Roland kennengelernt, als ich achtzehn war ... Er war fünf Jahre älter als ich ...

Er beugte sich vor zu Louis.

– Rolands Problem ließe sich in einen einzigen Satz fassen: »Ich will wohl, aber ich kann nicht ...«

Verzeihen Sie, wenn ich es sehr vulgär sage: Roland wollte immer lauter furzen als sein Arsch . . .

Hier sprach wieder der Brossier von Saint-Lô.

Sie stiegen an der Station Cité universitaire aus. Vor ihnen kickte ein Junge mit einem Fußball. Brossier trickste ihn aus und dribbelte bis zur Treppe, ohne daß der Junge wieder an den Ball kam. Er war von diesem Erfolg hell begeistert.

– Essen wir beim Türken? sagte er. Die Straße hinunter . . .

Sie gingen den Boulevard Jourdan entlang, in Richtung des Charléty-Stadions. Blaue und rosa Neonröhren beleuchteten eine Art verglaster Theke mitten auf dem Gehsteig, unter den Bäumen; ein paar Tische standen da herum.

– Vier Clubsandwiches und vier große Helle, bedeutete Brossier dem Patron.

Der Wind trug ihnen die Düfte des Parc Montsouris zu, und da die Nacht klar war, sahen sie hinten am großen Rasen den Palast des Bei von Tunis. Ihnen gegenüber, auf der anderen Seite des verlassenen Boulevards, stand der englische Pavillon, von dem Brossier erzählt hatte, er sei vernarrt in dessen getäfelte Halle. Ein bißchen weiter straßenaufwärts verließ von Zeit zu Zeit ein leerer Bus die Station.

– Was habt ihr beide für den Sommer vor? fragte Brossier.

Er und Jacqueline hatten beschlossen, den Juli und August über in Paris zu bleiben. Am Vormittag würden sie auf dem Rasen der Cité universitaire in der Sonne liegen, und am Nachmittag dann Touristen spielen: den Invalidendom besuchen, den Louvre, den Eiffelturm, die Sainte-Chapelle. Zu Abend essen wollten sie auf den Seine-Ausflugsbooten. Vielleicht würden sie sich sogar hinaus nach Versailles wagen, in einem der Exkursionsbusse, und dort einem der »Son-et-Lumière«-Spektakel am Neptunsbecken beiwohnen?

– Es macht mir großen Spaß, in den Ferien dergleichen zu unternehmen, sagte Jacqueline. Ihr solltet mit uns kommen ...

– Das wichtigste, sagte Brossier: daß wir uns Gruppenführungen anschließen ... mit Führern ... die sich um alles kümmern ... Verstehen Sie, Louis ... Führer ...

Darauf bestand er. Ja, seit einiger Zeit verspürte er ein körperliches Bedürfnis nach »Organisation«, nach »Führern«.

Aber Louis wollte unbedingt noch wissen, wie Brossier Bejardy kennengelernt hatte.

– Fangen wir also von vorn an, sagte Brossier. Ich habe, wie gesagt, Roland, kurz nach dem Krieg, kennengelernt, in einer Familienpension in Neuilly, die *Les Marronniers* hieß ... Er wohnte da mit seiner Mutter und seiner damaligen Verlobten ... einer Engländerin ...

Und er, Jean-Claude Brossier, ein dicker junger Mann von neunzehn Jahren, war dahergekommen aus der Normandie und hatte sich eingeschrieben in die »École Boulle«. Aber er hatte die École Boulle rasch vergessen und lebte im Rhythmus seiner neuen Bekannten. Man unternahm Ausflüge im Auto, manchmal bis Deauville, ging zu den Rennen, und am Abend spielte man im kleinen Salon der *Marronniers* Bridge mit Madame de Bejardy. Roland, kraft seiner in Deutschland errungenen Kriegsmedaille, verlegte sich aufs Geschäftemachen. Und Hélène, Rolands Verlobte ... Hélène war derart faul ...

Eines Abends waren sie mit einer Packung Kaffee in die Pension gekommen, etwas sehr Seltenem in jener Zeit der Entbehrungen, und Hélène hatte bei der Vorstellung, diesen Kaffee nun mahlen zu müssen, einen Seufzer ausgestoßen.

Jacqueline Boivin biß vorsichtig in ihr Sandwich. Odile hatte eine Zigarette im Mund, die Louis mit dem Zippo-Feuerzeug anzündete. Und Brossier? Er schien auf einmal traurig, traurig über diese wiederbelebten versunkenen Erinnerungen. Sein Gesicht verspannte sich, und Louis bedauerte, ihn ausgefragt zu haben.

– Ja, ich bin aus der Normandie gekommen, um die École Boulle zu absolvieren ...

Er wurde blasser und blasser, so als werde er sich bewußt, daß die Schulmappe, die er auf den Knien hielt, sein Trainingsanzug und sein Studentenstatus, ja sogar Jacqueline Boivin selbst mit ihrem grauen Faltenrock und ihrem beigen Twinset, nicht genügten, ihn zu schützen gegen die vergehende Zeit und die Gleichgültigkeit der Welt.

Von neuem machte Louis Dienst in der Garage der Rue Delaizement, morgens und nachmittags. Oder er

verteilte Postsendungen in Paris und in den Vorstädten, wie vor seiner Englandreise.
Er hatte seine Provision abgelehnt, obwohl Bejardy zunächst darauf beharrt hatte, und als dieser ihm dann in einem Tonfall, als ob nichts wäre, mitteilte, die Garage würde liquidiert, Möbel und Akten würden weggeschafft, spürte Louis eine große Verwirrung. Aber er wagte nicht zu fragen.
Die Garage war schon leer. Die amerikanischen Wagen waren verschwunden ... Ebenso die Mercedes ... Nur ein alter, grauer Simca stand noch da, ganz hinten, mit platten Reifen; aber der hatte sich auch nie von der Stelle bewegt.
Eines Nachmittags half er Bejardy, Akten neben diesen Simca zu schaffen. Dort befand sich, in einem Mauervorsprung, ein Ziegelkamin. Bejardy legte ein paar Scheite hinein, schlug die Akten auf, eine nach der andern, warf die Blätter einzeln ins Feuer und schürte die Glut mit einem langen Eisenstab.
– Das Feuer reinigt alles, sagte er versonnen.
– Brossier arbeitet also nicht mehr für Sie? fragte Louis.
– Wie haben Sie das erfahren?
– Ich habe ihn kürzlich getroffen.
Bejardy saß auf dem Trittbrett des alten Simca und schaute eine Akte durch. Er hob den Kopf.
– Ich glaube, er ist verliebt. Da habe ich keine Chance.
– Er hat mir gesagt, er kenne Sie schon lange ...
– Ja, wir sind Freunde ... fast von Kind auf ..., sagte Bejardy ausweichend.

– Sie hätten einander kennengelernt kurz nach dem Krieg, in einer Familienpension in Neuilly?
Bejardys Blick wurde unruhig.
– Und was hat er Ihnen sonst noch gesagt?
– Nichts. Daß Sie da wohnten, mit Ihrer Mutter.
– Ach ... er hat Ihnen von Mama erzählt?
Der Anflug eines Lächelns; dann ein von neuem umdüstertes Gesicht.
– Wissen Sie, Brossier war immer ein Klotz an meinem Bein ... mein ganzes Leben lang ... So etwas passiert oft ...
Er stand auf und warf mehrere Blätter in den Kamin.
– Er hat mir erklärt, mein lieber Louis, von jetzt an wolle er sein eigenes Leben leben ...
Er brach in ein kurzes Lachen aus, das sich anhörte wie ein Husten.
– Leider ist er zu alt dafür ... Ich bin sicher, über kurz oder lang wird er wieder da sein, mit eingezogenem Schwanz ... Aber dann werde ich nicht mehr da sein ...
Die Sonnenstrahlen fielen durch das Hinterfenster und bildeten einen großen Fleck auf dem Boden. Louis und Bejardy saßen inmitten dieses Flecks, wie Spaziergänger, die Rast machen auf einer Lichtung. Das Feuer knackte.
– Ich löse mein Geschäft hier auf, sagte Bejardy. Aber ich brauche Sie noch einmal, Louis, ein letztes Mal ...

Er kam aus einer Querstraße auf den Quai Louis-Blériot und betrat das Gebäude, die grüne Einkaufstasche in der Hand. Bejardy öffnete ihm.

– Haben Sie auch alle restlichen Akten bei sich?

– Ja.

Bejardy überprüfte rasch die in der Tasche gestapelten Akten.

– Geben Sie her.

Er ging Louis voraus, eine seltsame Rückensilhouette mit dieser Einkaufstasche – als käme er gerade vom Markt.

Im Wohnzimmer bemerkte Louis, daß die Möbel verschwunden waren. Da standen nur noch zwei Fauteuils und das große Sofa. Die Bücher waren aus den Regalen entfernt worden und türmten sich an der Wand.

– Ich gebe auch die Wohnung auf, sagte Bejardy. Wenn Sie sich für die Bücher interessieren ...

Sie näherten sich dem Sofa. Nicole Haas lag da, in Reithosen, und schlief, mit der Wange auf der Sofalehne, und Louis war berührt von dem glatten Gesicht und dem halbgeöffneten Mund. Bejardy legte ihr leicht die Hand auf die Schulter. Sie schlug die Augen auf und erhob sich bei Louis' Anblick.

– Entschuldigen Sie ...

– Das macht doch nichts, Liebe.

Die Fenster waren nicht ganz geschlossen, und der Wind blähte die Gazevorhänge, wie an dem Tag, da Odile und Louis Nicole Haas hier zum ersten Mal begegnet waren.

– Du solltest das schöne Wetter ausnutzen, Coco . . ., sagte Bejardy. Was tust du heute nachmittag?
– Ich muß nach den Pferden sehen.
– Louis kann dich mit dem Wagen hinbringen. Ich muß hierbleiben, arbeiten . . .
Das Telefon läutete, und Bejardy hob ab. Louis hatte sich gesetzt, Nicole Haas gegenüber. Sie sagte nichts, aber sie lächelte ihn an, noch ein wenig verschlafen. Und dieses Lächeln, der Blick dieser hellen Augen auf ihm, die sich im Wind traumhaft wellenden Vorhänge, das Motorgeräusch eines Kahns, all das trug bei zu einem jener Momente, die Erinnerung werden.

In Neuilly, in der Rue de la Ferme, bat sie ihn, zu halten vor einem niedrigen Haus, dessen ganzes Erdgeschoß eingenommen wurde von einer Bar, dem *Lauby*: holzgetäfelte Wände, Halbdunkel, Photos von Pferden und Reitern, Steigbügel, Peitschen, Ledergeruch.
Ein Mann, der an einem der Tische saß, erhob sich und küßte Nicole Haas die Hand. Auch er war im Reitanzug, klein, sehr steif, Schnurrbart und Haare schwarz. Er hatte etwas von einer Wachspuppe. Was er sagte, geriet ihm im Mund durcheinander: die eine Silbe verzögerte er, die andere verschluckte er, bei der folgenden stockte er; so vollendet ahmte er die abgehackte Aussprache mancher Briten nach, daß man sich schließlich fragte, ob er überhaupt französisch redete. Louis erfuhr von Nicole Haas, daß es sich bei dem Mann um einen Marquis handelte. Anläßlich eines langen Aufenthalts in Amerika hatte

er eine Filmschauspielerin geheiratet und war deren »Manager« geworden. Zurück in Frankreich, hatte er die Leitung des Reitstalls gegenüber dem *Lauby* übernommen. Und das einzige, was er von Amerika mitgebracht hatte, das war dieser Titel »Manager«, der auf seinen Visitenkarten stand und auf den er mehr Wert legte als auf seinen Adelstitel.
– So lassen Sie uns Ihre Pferde noch ein Weilchen, Nicole?
– Ja. Noch einen Monat.
– Und dann nach Argentinien? Steht das nun fest?
– Ich weiß es nicht.
– Sagen Sie's mir rechtzeitig ... Ich habe dort unten sehr gute Freunde. Dodero, Gracida ... Pierre Eyzaguirre ... Ach nein, der ist Chilene ... Bei all diesen Gauchos kommt man durcheinander ...
Die Stimme des Marquis war hell geworden, als er die Namen seiner Freunde psalmodiert hatte.
– Etwas zu trinken? Scotch? Kaffee? Tee? Was möchten Sie?
Er vollführte mit den Händen seltsame Drehungen, so als störten ihn seine Manschetten.
– Und Sie, reiten Sie auch?
– Nein, sagte Louis.
– Warum nicht?
– Er hat noch keine Zeit dazu gehabt, sagte Nicole Haas.
– Sie sollten unbedingt damit anfangen, sagte der Marquis ernst.
Sie verließen das *Lauby* und betraten den Reitstall.
– Ich lasse Sie allein, sagte der Marquis. Ich muß der

Tochter von Robert de Unzue eine Reitstunde geben ... Auf bald, Nicole ... Und Sie geben mir doch Nachricht wegen Argentinien, nicht wahr? ... Ich möchte es auch wissen, damit ich dann die Pferde versorge ...

Der Marquis grüßte mit einer kurzen Handbewegung, und sie gingen über den sandgestreuten Hof auf die Stallungen zu. Nicole Haas wollte Louis ihre Pferde zeigen. Sie besaß zwei, einen hellen Apfelschimmel und einen Braunen: beide steckten sie die Köpfe zur Box heraus, und sie streichelte ihnen die Stirn.

Über den Stallungen befand sich eine Art Mansarde, bewachsen mit Efeu.

– Ich habe da oben ein Zimmer ... Möchten Sie es sehen?

Sie stiegen eine winzige Wendeltreppe hinauf. Nicole Haas öffnete die Tür zu einem kleinen Zimmer, das tapeziert war mit Jouy-Stoff. Ein schmales Bett stand darin, mit einer hellblauen Samtdecke.

– Ich komme oft hierher ... Das ist der einzige Ort, wo ich mich wohlfühle ... Ich bin da in der Nähe der Pferde ...

Sie öffnete das Fenster spaltbreit, legte sich dann auf das Bett.

– Ich habe mich immer gefragt, warum Sie für Roland arbeiten ...

– Zufall ..., sagte Louis.

Er hatte sich auf den Boden gesetzt, mit dem Rücken an der Bettkante.

– Und was werden Sie tun, wenn er weg ist?

– Ich weiß nicht, sagte Louis. Und Sie?

– Er oder ein andrer: Hauptsache, ich finde jemanden, der mir hilft, meine Pferde zu ernähren.

Sie schmiegte ihr anmutig-eigenwilliges Gesicht in Louis' Schulterhöhlung.

– Er möchte mich nach Argentinien mitnehmen ... Was soll ich in Argentinien?

Sie behauchte seinen Nacken.

– Wissen Sie, daß Roland ein Mörder ist? Ja, ein Mörder ... Es gab damals noch und noch Zeitungsartikel ... Was soll ich mit einem Mörder in Argentinien? Sie scheinen das alles gar nicht zu begreifen, Louis ... Ich da unten mit einem Mörder ...

Wie lange blieben sie in dem Zimmer, auf dem schmalen Bett? Sie hatte auf der Schulter eine Narbe, in der Form eines Sterns, die Louis unwillkürlich mit den Lippen nachzog: Erinnerung an einen Sturz vom Pferd. Es war dunkel geworden. Man hörte das Klappern der Hufe, ein Wiehern, und die helle Stimme des Marquis, die Befehle gab, in immer größeren Abständen, wie die Wiederkehr, klar, klagend, eines Flötenmotivs.

Es wurde Sommer. Bejardy hatte kaum noch Arbeit für Louis, und dieser verbrachte den Großteil der Tage mit Odile. Manchmal besuchten sie Brossier und Jacqueline Boivin in der Cité universitaire und picknickten auf dem großen Rasen oder spazierten durch den Park Montsouris. Sehr oft kam Mary zu ihnen auf den Montmartre. Sie hatte, bei sich um die Ecke, ein leerstehendes Geschäftslokal entdeckt, das ihr geeignet schien für ihre »Mode-Fashion«.

Nachts schlenderten sie über den Straßendamm bis zur Place Blanche und zur Place Pigalle. Sie besuchten entweder Jordan, der ein Engagement in einem Varieté der Rue des Martyrs geschafft hatte und immer noch das von Odile und Mary geschneiderte Bühnenkleid benützte, oder sie gingen die Rue Caulaincourt und die Avenue Junot hinauf, den umgekehrten Weg. Der Eingang des *Roma Hotels* in der Rue Caulaincourt leuchtete die ganze Nacht, wie eine Wachstube.

In der Avenue Junot begegneten sie einem großgewachsenen Mann, der einen Irish Setter an der Leine führte. Sie grüßten einander. Odile und Louis schienen dem Irish Setter sogleich sympathisch zu sein.

An diesem Abend nun saß der Mann neben ihnen an einem Tisch des *Rêve*, und der Irish Setter hatte das Kinn auf Odiles Knie gelegt.

– Mein Hund stört Sie hoffentlich nicht, Mademoiselle? Sonst sagen Sie ihm ruhig . . .

Er bewegte kaum die Lippen, aber seine Baßstimme trug weit.
– Nein, nein, er stört mich nicht, sagte Odile, die den Hund streichelte.
– Wohnen Sie in der Gegend? ...
– Ja, sagte Louis. Ein bißchen weiter unten ...
– Welche Hausnummer?
– 18 *a*.
– Und in welcher Etage?
Louis zögerte mit der Antwort.
– In der fünften.
– Nicht möglich! ... Im Atelier?
– Ja.
– Gestatten Sie?
Er setzte sich, sichtlich bewegt, zu Odile und Louis. Seine kurzen grauen Haare, das schwammige Gesicht, der ausgeprägte Brauenbogen und seine Massigkeit, die noch betont wurde von der gestreiften Samtjacke, gaben ihm etwas von einem ehemaligen Boxer. Er roch nach altem Leder und kalter Asche.
– Stellt euch vor, das war früher mein Atelier ...
Irgend etwas Unbestimmbares widersprach der Grobschlächtigkeit und Brutalität dieses Gesichts.
– Ihr müßt zugeben, daß es manchmal seltsame Zufälle gibt ...
– Sind Sie Maler? fragte Odile und streichelte weiter den Hund.
– Damals, ja ... Als ich das Atelier bewohnte ... ich zeichnete Titelblätter für die Programme der Music-Halls ... Aber ich möchte euch mit meiner Lebensge-

schichte verschonen ... Habt ihr die Bar und den Ventilator behalten?
– Ja, antwortete Louis.
– Ich habe die chinesischen Zeichnungen gemacht.
Er betrachtete Odile und Louis mit verletzlich wirkenden Augen, erhobenen Kopfes, ein leicht ironisches Lächeln auf den Lippen.
– Ich habe mich nicht vorgestellt ... Bauer ... ich lade euch zur Feier dieses seltsamen Zusammentreffens auf einen Pflaumenschnaps ein ... Ich wohne ganz in der Nähe ...
Die Stimme klang so bestimmt, daß an eine Ablehnung nicht zu denken war.
In der Avenue Junot betraten sie durch einen Vorbau eins jener kleinen Gebäude aus den dreißiger Jahren, mit gebauchten Fensterscheiben. Bauer ging ihnen mit dem Hund voraus.
– Entschuldigt, aber versucht, leise zu sein. Meine Mutter schläft ...
Auf Zehenspitzen durchquerten sie einen Flur und betraten einen ziemlich großen Raum, das Wohn- oder Eßzimmer. Bauer schloß sacht die Tür hinter ihnen.
– Jetzt können wir reden ... Hier hört uns meine Mutter nicht ...
Der Raum war möbliert mit einer Anrichte, einem Tisch und rustikalen Stühlen, in nußgrüner Farbe. Eine Tiroler Pendeluhr zwischen den beiden Fenstern, ein Fauteuil mit crèmefarbenem Seidenbezug und einige Rosen, die in einer Vase oben auf der Anrichte standen, heiterten dieses Dekor ein wenig

auf. Louis' Blick fiel auf die eine Gegenlichtaufnahme eines Mannes, der am Mast eines Segelboots lehnte und dessen Silhouette sich abhob von einem glitzernden Meereshintergrund.

– Alain Gerbault ... ich kannte ihn gut, als ich siebzehn war, sagte Bauer.

Dieses Photo öffnete gleichsam den Raum, wie ein Luftzug von der offenen See, oder wie der Akkord einer Hawaigitarre.

– Setzt euch ... Setzt euch ...

Auf dem Tisch lag eine Wachstuchdecke. Der Hund bestieg einen Stuhl neben Odile und blieb da starr hocken, ohne Bauer aus den Augen zu lassen, während dieser ihnen den Pflaumenschnaps in Champagnergläser füllte.

– Ihr Hund möchte wohl auch etwas abhaben, sagte Odile.

Bauer brach in ein Lachen aus.

– Gut ... Nun denn, ein Glas für den Hund ...

Er goß einen Champagnerkelch randvoll und setzte ihn dem argwöhnischen Hund vor. Dann entnahm er einer Lade der Anrichte ein großes, in grünes Leder gebundenes Album.

– Bitte ... Das sind Erinnerungen an meine Zeit im Atelier ... Da, wo ihr jetzt wohnt ...

Louis schlug das Album auf, und Bauer blieb hinter ihm, Odile und dem Hund stehen. Auf den beiden ersten Seiten befand sich jeweils nur ein Photo, hinter einer Plastikfolie: zwei Männer mit regelmäßigen Gesichtszügen, der eine schwarz, der andre blond. Die Bilder waren wohl dreißig Jahre alt.

– Pierre Meyer und van Duren ... Zwei Music-Hall-Künstler, sagte Bauer. Ich habe im Leben niemanden mehr bewundert als diese beiden ...
– Warum? fragte Odile.
– Weil sie schön waren, sagte Bauer bündig. Sie haben sich beide umgebracht ... Alain Gerbault, wenn man so will, auch ...
Louis wendete die Albumblätter um: Titelblätter verschiedener Music-Hall-Programme, signiert mit einem großen, schraffierten »Bauer«.
– Haben Sie vielleicht meine Mutter gekannt? fragte Louis. Sie trat im *Tabarin* auf ...
– Deine Mama? Nein, mein Lieber ... Ich kannte niemanden vom *Tabarin* ... Ich habe vor allem für die Mistinguett gearbeitet ...
Die folgenden Seiten waren vor allem mit den Photos junger Leute beklebt, mitsamt ihren Namen und dem jeweiligen Datum, das sich mehr und mehr der Gegenwart näherte. Die Generationen folgten aufeinander. Und zwischen all diesen jungen Leuten, einer glänzender als der andre, ein Mann reifen Alters, mit einem ganz gewöhnlichen breiten Gesicht, gekräuselten Lippen und faltigen Augenlidern:
– Der da, das ist Tonton, von *Liberty's* ...
Das grelle Licht der Hängelampe warf einen Schimmer auf die Plastikfolien, die all diese Erinnerungen schützten. Der Hund schien sich für das Album zu interessieren: er beschnüffelte es von Zeit zu Zeit, und sein Atem beschlug die Photos, wenn Louis die Seite nicht rasch genug wendete. Odile legte den Kopf auf Louis' Schulter, um besser zu sehen.

– Interessant, Ihre Photos, sagte sie. Sie betrachten sie wohl oft?
– Nein. Sie machen mich schwermütig ...
– Warum?
– Es ist eine traurige Vorstellung, daß all diese schönen jungen Leute altgeworden oder gar gestorben sind ... Und ich, ich bin immer noch vorhanden, wie eine alte morsche Brücke, die sie beschritten haben. Nichts ist mir geblieben als ihre Photos ... ich wollte ein zweites Album anlegen, mit den Photos all meiner Hunde, aber dazu habe ich mich nicht aufraffen können.
Seine Stimme wurde heiser, er ließ sich auf einen Stuhl fallen und nahm Odiles Hand.
– Sie sind noch zu jung, das zu verstehen, Kleines ... Aber wenn ich in diesem Album blättere und sie nacheinander ansehe, habe ich das Gefühl von Wellen, die sich brechen, jetzt die, dann die nächste ...
Louis schrak zusammen. Er glaubte zu träumen: unter der glänzenden Plastikhülle erblickte er ein Photo von Brossier und Bejardy, beide nebeneinander, Brossier mit einem runden, noch kindlichen Gesicht, Bejardy kaum fünfundzwanzig; Blick und Lächeln eines Charmeurs; onduliertes Schwarzhaar.
– Kennen Sie die? fragte Louis, wobei er den Atemdunst des Hundes vom Plastik wischte.
Bauer zog das Album an sich.
– Ja ... Ja ... Der Kleine da, der Roland Toutain gleicht, den habe ich in einen Schauspielkurs gesteckt ...

Er wies mit dem Zeigefinger auf Brossier.
– Aber das hat zu nichts geführt ... Auf mein Betreiben hat er dann mit mir zusammen im Antiquitätenhandel gearbeitet ... Danach war er, glaube ich, Steward bei einer Fluggesellschaft ... Air-Brazzaville ... Mit dem zweiten ist es etwas andres ... Er hatte versucht, mir Bilder zu verkaufen ... Er ist auf die schiefe Bahn geraten ... Er kam vor das Geschworenengericht, wegen Mordes an einem Amerikaner ... Man hat ihn freigesprochen ... Wenn es euch interessiert: ich habe noch die Zeitungsausschnitte ... Schließlich hat er ein Restaurant geführt, auf einem Boot, in Neuilly ... Ich hätte mich sogar um die Dekoration kümmern sollen ... etwas im Korsarenstil ... Möchten Sie die Ausschnitte?
– Gern, sagte Louis in einem gespielt unbeteiligten Tonfall. Bauer fuhr mit einer Hand unter das Photo, zog einen Umschlag hervor und reichte ihn Louis. Der ließ ihn sofort in die Tasche gleiten, als handle es sich um ein Säckchen Kokain.
– Es freut mich, daß diese Überbleibsel der Vergangenheit euch noch interessieren, sagte Bauer.
– Wo haben Sie die beiden denn kennengelernt? fragte Odile, ganz Verwunderung.
– Die? Ich weiß nicht mehr ... Vielleicht bei Tonton ... Mein Gedächtnis läßt nach ... Das genügt jetzt, Kinder ...
Er schloß mit einer raschen Geste das Album und legte es in die Lade zurück.
– Wenn ihr brav seid, gehört dieses Album eines Tages euch.

Louis war aufgestanden, völlig durcheinander. Er blieb reglos stehen, wie erschlagen von seiner Entdekkung.
– Sie erlauben ..., sagte Bauer, indem er ihm ein Zeichen gab, sich wieder zu setzen.
Er hatte einen Photoapparat in der Hand, dem er ein winziges Blitzlicht aufsteckte.
– Ich habe ihn gerade gekauft ... Er macht Sofortbilder, in Farbe ... Rückt ein bißchen zusammen, ihr beide ... Guy, du auch ...
Louis blickte sich um. Bauer lächelte.
– Guy ist mein Hund ...
Guy legte die Pfote auf Odiles Handgelenk. Bauer schaute durch das Objektiv.
– Sehr gut ... Jetzt habe ich euch alle drei ...
Louis' Augen zuckten im Blitzlicht zusammen. Er dachte an Bejardy und Brossier. Und zugleich wiederholte er im stillen Bauers kleinen Satz: »... Wellen, die sich brechen, jetzt die, dann die nächste.« Bauer würde ihr Photo samt Datum in sein Album kleben, und auch Odile, er und der Hund wären dann nur eine Welle nach vielen andern.

Der Umschlag enthielt einen vergilbten Zeitungsausschnitt:
»Gestern abend verhafteten die Beamten der Kriminalpolizei in einer Familienpension, Neuilly, Rue Charles-Lafitte, Roland Chantain de Bejardy, fünfundzwanzig, mutmaßlicher Mörder des amerikanischen Staatsbürgers Parker.
Es steht inzwischen fest, daß Parker, in Frankreich

eingereist Anfang des Jahres 1946, ernsthafte Probleme mit der Justiz seines Landes hatte. In Frankreich war eine Ermittlung eingeleitet worden bezüglich eines Handels mit amerikanischen Überschußgütern, welchen Parker organisiert haben soll, in Zusammenarbeit mit einem Angestellten des P.X.-Ladens in St. Cloud, und welcher insbesondere Traktoren, Planen und Radiomaterial betraf. Roland Chantain de Bejardy war einer der von Howard Parker mit dem Vertrieb dieser Güter Beauftragten.

Es hat den Anschein, daß der junge Mann dem um zwanzig Jahre älteren Parker als dessen Privatsekretär diente. Es gibt Zeugenaussagen, wonach die beiden oft zusammen in der *Étape*, Rue Marbeuf, gesehen wurden, einer Bar, die Parker für seine Verabredungen benutzte. Sie waren auch wenige Stunden vor dem Verbrechen gemeinsam in der *Étape*.

Roland Chantain de Bejardy, Abkömmling einer angesehenen Familie, handelt nach eigenen Angaben mit Kunstgegenständen. Nach der Befreiung schloß er sich der Armee De Lattre de Tassignys an und schlug sich so heldenhaft, daß der Dreiundzwanzigjährige mit der Militärmedaille ausgezeichnet wurde. Sein Vater war eine bekannte Erscheinung im Pferdesport-Milieu und hat lange als Präsident des französischen Zweigs der Tattersall-Reithallen und des Poloclubs Biarritz fungiert. Bei seinem Tod geriet die Familie in Schwierigkeiten, und Chantain de Bejardy lebte mit seiner Mutter in der Pension in Neuilly, wo er auch verhaftet wurde.

Zwei seiner Bekannten, Hélène Mitford und Jean-Claude Brossier, neunzehn Jahre alt, die ebenfalls in der Pension in der Rue Charles-Lafitte wohnten, wurden von der Kriminalpolizei einvernommen. Mehrere Zeugenaussagen scheinen Chantain de Bejardy zu belasten. Sie haben dazu beigetragen, ihn binnen achtundvierzig Stunden nach der Tat zu identifizieren. Einmal ist da die Aussage von M. Jean Tolle, aus Meriel, Garageninhaber. Dieser hat den Mörder gesehen und eine präzise Beschreibung von ihm gegeben: etwa fünfundzwanzig, großgewachsen, sehr elegant. Der Mann hatte bei ihm zwei Kanister Benzin gekauft. Mme. Seck, wohnhaft in Garches, hat ebenfalls eine Beschreibung des Täters geliefert, welche mit jener von M. Tolle übereinstimmt. Sie ging mit ihren Hunden durch einen Wald Richtung Rueil, als sie zwei in kurzen Abständen abgefeuerte Schüsse hörte. Ein Wagen wurde gestartet und fuhr in einigen Metern Entfernung an ihr vorbei, so daß ihr Zeit genug blieb, einen Blick auf den Fahrer zu werfen: er war etwa fünfundzwanzig – also gleich alt wie der Benzinkäufer in Meriel – und hatte gleichfalls schwarzes Haar und ein bartloses, feingezeichnetes Gesicht. Neben ihm, an seine Schulter gelehnt, saß zusammengesackt ein Mann. Mme. Seck war beunruhigt und notierte sich das Kennzeichen des Wagens: es handelte sich um den granatroten Delahaye 12 CV, mit der Nummer 9092 RM 1, welchen Chantain de Bejardy benutzte und welcher auch des öfteren vor der Pension in Neuilly parkte.

Vorerst gibt es noch keine Erklärung, warum Chantain de Bejardy Parker ermordet haben könnte. Vielleicht handelt es sich um eine Auseinandersetzung, die im Zusammenhang steht mit den dunklen Geschäften, denen die beiden Männer nachgingen.«

An die Rückseite des Artikels war noch eine Schlagzeile geheftet:

CHANTAIN DE BEJARDY
AUS MANGEL AN BEWEISEN FREIGESPROCHEN

Sein Regimentskommandeur und seine früheren Kameraden von der Ersten französischen Armee sagten zu seinen Gunsten aus.

Das »Mangel an Beweisen« war mit roter Tinte zweimal unterstrichen und überdies kommentiert mit drei Ausrufezeichen, gleichfalls in roter Tinte. Eine nervöse Hand hatte dabei geradezu das Papier durchlöchert – sicher die Hand Bauers.

Er entschied sich schließlich für das *Paris-Nord*, eine große Brasserie mit brauner Fassade, in der Rue de Dunkerque. Louis und Odile traten hinter ihm ein. Bejardy schien sich da auszukennen. Er führte sie zu den Tischen im Hintergrund, wo durch eine Trübglaswand ein bleichgrünes Tageslicht fiel. Der Raum war leer. Von ihren Plätzen aus sahen sie einen Teil der Gare du Nord.

Bejardy blickte auf seine Uhr.

– Noch zwanzig Minuten ...

Sein Gepäck bestand nur aus einer Ledertasche und einem Handköfferchen, das er auf einen Stuhl neben sich stellte.

– Wir treffen uns also übermorgen Punkt zehn Uhr vormittag in der Halle des Hotels Richemond in Genf ... Hier sind die zwei Rückfahrkarten Paris–Annecy ... Ich habe mich erkundigt ... Um fünf geht ein Bus von Annecy nach Genf ... Da der Zug gegen drei in Annecy ankommt, habt ihr dort zwei Stunden Wartezeit ...

Er wandte sich Odile zu:

– Ist Ihnen diese Reise zuwider?

– Ganz und gar nicht.

– Es ist die letzte, die ihr für mich unternehmt. Hier ...

Er legte den Handkoffer auf Louis' Knie.

– Er enthält in etwa die Summe, die Sie Axter übergeben haben ... Diesmal, mein Lieber, bestehe

ich darauf, daß Sie eine Provision annehmen ... Wir kommen in Genf darauf zurück ... Doch, doch ... ich bestehe darauf ... Im Bus müssen Sie das Geld unauffällig tarnen ... Das da (er zeigte auf das Köfferchen) sieht gar zu sehr nach Luxus aus.
– Seien Sie ganz beruhigt, sagte Louis.
– Ich muß noch kurz nach Brüssel ... Ich habe dort ein paar Angelegenheiten zu regeln ... die letzten Brücken abbrechen ... Und dann Argentinien ...
Er rieb sich die Hände, so als striche er über ein Paukenfell.
– Warum gerade Argentinien? fragte Louis.
– Mitglieder der Familie meiner Mutter leben da. Und Nicole könnte sich um die Pferde kümmern ... Ich habe bestimmte Pläne ... Ab Morgen bin ich erreichbar im *Métropole,* Brüssel ... Verlangen Sie Monsieur Chantain.
Er schrieb das »Chantain« auf den Umschlag mit den Zugfahrkarten.
– Das ist ein Teil meines Namens ... Stellt euch vor, ich heiße Chantain de Bejardy ...
Odile und Louis wechselten Blicke, und Louis war nah dran, Bejardy den alten Zeitungsausschnitt zu zeigen. Er hatte ihn bereit, in der Innentasche seiner Jacke, aber er überlegte es sich anders.
In dem Licht, das durch die Glaswand kam, bleichte das Gesicht Bejardys nun aus. Es war, als altere er von einem Augenblick zum andern.
– Seltsam, sagte er ... Ich habe in der Gegend um die Gare du Nord gewohnt, damals, nach meiner Haftentlassung ...

– Sie waren im Gefängnis?
– Das war nur ein Spaß, mein Lieber ... Aber ich habe wirklich lang in diesem Viertel gelebt ... Am Boulevard Magenta ... Eine Gegend, die nach nichts aussieht, aber mit der Zeit gewinnt ...
Er betrachtete den leeren Saal um sich.
– Seinerzeit kam ich oft hierher zum Abendessen, mit einem Mädchen ... Blond war sie ... Auch sie hat hier im Viertel gewohnt ... Sie hieß Geneviève ...
Bejardys Blick erstarrte in einer fassungslosen Müdigkeit, vielleicht weil in dem stillen Saal nichts mehr übrig war von jener Geneviève.
– Und ihr? Was habt ihr vor? fragte er.
– Ich weiß nicht, sagte Louis. Erst einmal Urlaub machen.
– Wie alt seid ihr zwei eigentlich?
– In drei Tagen werde ich zwanzig, sagte Odile.
– Und Sie, Louis?
– Und ich in eineinhalb Monaten.
Bejardy hob nachdenklich seine Tasse.
– Auf eure zwanzig Jahre!
Er trank den Kaffee in einem Zug.
– Ich muß jetzt los ... Nein ... nein ... bleibt sitzen ... Ich kann die Abschiedsszenen auf den Bahnsteigen nicht ausstehen ... Übermorgen im Richemond, genau um zehn ... Auf Wiedersehen, Madame Memling ...
Louis begleitete ihn trotzdem zum Ausgang der Brasserie, das Köfferchen in der Hand.
– Und laßt euch im Bus nach Genf nicht schnappen ... Es wird keine Probleme geben ... Sie wirken

so nett, mein lieber Louis ... Ich frage mich, ob ich in Ihrem Alter auch so wirkte ... Was meinen Sie?
– Ich weiß nicht, sagte Louis.
Er überquerte die Fahrbahn zur Gare du Nord und winkte mit dem Arm, ohne sich umzudrehen. Diese langsame und vieldeutige Bewegung überraschte Louis und blieb ihm im Gedächtnis wie eine Segensgeste.

Es war noch Tag, und sie ließen sich treiben in diesem Viertel, wo Roland Chantain de Bejardy gewohnt hatte, und eine blonde Frau mit Namen Geneviève. Louis trug das Köfferchen unter dem Arm. Sie gingen bis zur Gare de l'Est und kehrten dann in die Umgebung der Gare du Nord zurück: Stadtgegend mit abfahrenden Zügen, klobigen Fassaden, kleinen Geschäften, verstaubten Anwaltsbüros, Diamantenhändlern und Brasserien, aus denen Schwaden elsässischen und belgischen Biers trieben.
Sie wissen nicht, daß es ihr letzter Spaziergang in Paris ist. Ihr Dasein hat sich noch nicht abgelöst von der Umgebung: es ist eins mit den Häuserfassaden und den Gehsteigen. Dem Asphalt, der geflickt ist wie ein alter Stoff, sind Daten eingeschrieben, welche die aufeinanderfolgenden Teerungen bezeichnen, vielleicht aber auch Geburten, Rendezvous, Todesfälle. Später, wenn sie sich an diese Periode ihres Lebens erinnern, werden sie Kreuzungen sehen und Hauseingänge: jeder einzelne Lichtreflex da ist auf sie übergegangen. Sie waren nichts als die in den Farben dieser Stadt spielenden Blasen: grau und schwarz.

Der Platz des heiligen Vinzenz von Paul, mit seiner Kirche, wirkt ebenso verlassen und still wie jene vertrauten Stätten der Träume. Sie lassen ihn nun hinter sich, kommen über die Rue d'Hauteville wieder auf die großen Boulevards und verlieren sich, auf der Höhe des Café Brébant, in der Menge.

Odile war eingeschlafen. Er schlüpfte aus dem Bett und ging auf den Zehenspitzen zum Fenster. Es regnete in Annecy. Unten in dem öffentlichen Park jagten Kinder hintereinander her, beaufsichtigt von jemandem, der reglos dastand und von dem man nur die Wölbung des schwarzen Regenschirms sah.
Louis hatte sich für dieses Hotel entschieden, weil es in der Nähe des Bahnhofs lag. Die Ockerfassade beschäftigte ihn schon seit seiner Internatszeit, als er seine freien Stunden in Annecy verbrachte. Und er erinnerte sich an einen blonden Mann, der sich am Samstag auf der Promenade du Pâquier herumtrieb. Man nannte ihn »Carlton«, nach dem Hotel, wo er einmal Laufbursche gewesen war, und angeblich trug er in seiner linken Brusttasche ständig einen in ein graues Wildlederetui verpackten Browning.
Annecy hatte sich in den drei Jahren nicht verändert. Es regnete, wie an den Sonntagen, wenn man um sieben Uhr abends ins Internat zurückkehrte. An solchen Sonntagen konnte man sich nur unter die Arkaden »de la Taverne« oder das Vordach des Casinos stellen, oder sich an den Schaufenstern der Rue Royale vorbeidrücken. Später, in Saint-Lô, regnete es wieder, und man ging durch Pfützen: recht

betrachtet, bestanden Internat und Kaserne aus neun Regen- und Hockscheißjahren, mit kümmerlichen Abwechslungen, die man an fünf Fingern abzählen konnte.
Vom Hotelfenster aus sah Louis den Bahnhof. Links davon befand sich ein helles Gebäude, von wo der Bus nach Genf abfuhr. Eines Tages war er da eingestiegen, zusammen mit dem Freund seines Vaters, der als sein Vormund eingesetzt war. Es waren zwei Grenzstellen zu passieren: Cruseilles und Saint-Julien.
Auf der anderen Seite des Bahnhofs hatte er an den Sonntagabenden auf den Bus gewartet, der dann hundert Meter vor dem Internat hielt. Dieser Bus war immer sehr voll, und man mußte während der ganzen Fahrt stehen. Bei der Kurve von Veyrier-du-Lac erschien dort oben das Schloß von Menthon-Saint-Bernard wie ein Geisterschiff auf einem Wogenkamm. Weiter weg, am Rand der Landstraße, lag der kleine Friedhof von Alix ...
Das Köfferchen stand auf dem Nachttisch. Er nahm es und setzte sich ans Fenster. Er hörte Odile gleichmäßig atmen. Es war vier; der Bus nach Genf ging um fünf Uhr zweiundzwanzig.
Er öffnete den Koffer: Bündel von neuen Fünfhundert-Francs-Scheinen. Er blickte auf den Bahnhof gegenüber.
An einem Sonntag hatte er den Bus abfahren lassen, seinen »Vormund« aufgesucht und ihm erklärt, er habe den Bus versäumt. Der Vormund hatte ihn dann in seinem Citroën ins Internat gebracht.

Aber jetzt waren diese grauen Regenjahre zu Ende und erschienen ihm so ferngerückt, daß die Erinnerung sie verklären konnte. Er fing an, die Geldbündel zu zählen. Ja, es war entschieden.
Er weckte Odile. Am selben Abend nahmen sie einen Zug nach Nizza; Umsteigen in Lyon; dort zehn Minuten Aufenthalt.

Sie verbrachten zwei Wochen in Nizza. Sie hatten einen großen amerikanischen Wagen mit aufklappbarem Dach gemietet, mit dem sie in den folgenden Monaten die Côte d'Azur durchstreiften.
Eines Morgens, als sie an der Steilküste zwischen Nizza und Villefranche entlangfuhren, spürte Louis eine seltsame Empfindung von Leichtigkeit und zugleich Benommenheit, und er hätte gern gewußt, ob es Odile ähnlich erging.
Irgend etwas, von dem er sich später fragte, ob es nicht einfach seine Jugend war, etwas, das bis jetzt auf ihm gelastet hatte, löste sich da von ihm ab, so wie ein Felsbrocken langsam zum Meer hinab stürzt und in der Gischt verschwindet.